KB114569

鵬붕정대연가

붕정대연가(鵬程大戀歌) ㄱ

임영기 新무협 판타지 소설

초판 1쇄 찍은 날 § 2021년 6월 10일
초판 1쇄 펴낸 날 § 2021년 6월 17일

지은이 § 임영기
펴낸이 § 서경석

총괄팀장 § 노종아
편집책임 § 신나라
디자인 § 스튜디오 이너스

펴낸곳 § 도서출판 청어람
등록번호 § 제387-1999-000006호
등록일자 § 1999. 5. 31
어람번호 § 제2-2873호

주소 § 경기도 부천시 부일로 483번길 40 서경B/D 3F (우) 14640
전화 § 032-656-4452 팩스 § 032-656-4453
http://www.chungeoram.com
E-mail § chungeorambook@daum.net

ⓒ 임영기, 2021

ISBN 979-11-04-92351-7 04810
ISBN 979-11-04-92299-2 (세트)

도서출판 청어람
7
임영기 新무협 판타지 소설
Cover illust A4
붕정대연가
FANTASTIC ORIENTAL HEROES

붕정대연가

목차

第六十八章

참담함에 대하여

청랑과 훈용강, 정무웅을 비롯한 영웅호위대 제일부대
원들은 초조한 표정으로 강 건너를 뚫어지게 주시하고 있
다.

진검룡이 영단강 상공을 신선처럼 날아서 건너간 이후
한 시진이 지나서 동이 훤하게 텄는데도 그가 아직 돌아
오지 않았기 때문이다.

이곳에서는 강 언덕 너머 초원 지대가 보이지 않는데
그쪽에서 진검룡이 날아간 직후인 한 시진 전부터 애
끓는 비명 소리가 끊임없이 들리다가 조금 전에 멈추었
다.

청랑과 훈용강 등은 진검룡이 검황천문 고수들과 싸우는 것이라고 짐작했다.

영웅문 사람들은 무사히 강을 건너왔는데 어째서 진검룡이 다시 강을 건너가서 검황천문 고수들과 싸우고 있는 것인지 청랑과 훈용강 등은 어렴풋이 짐작했다.

영웅문이 함정을 팠는데 오히려 우호법이 펼쳐놓은 역함정에 걸려서 영웅고수를 이백여 명이나 잃었기 때문에 진검룡은 극도로 분노했을 것이다.

그래서 여러 차례 운공조식을 거듭해서 공력을 되찾자마자 다시 강을 건너가서 검황천문 고수들을 죽이고 있는 것이 분명하다.

진검룡의 심정을 모르는 바가 아니다.

청랑이나 훈용강, 정무웅도 억울하고 분노해서 머리가 이상해질 지경인데 문주인 진검룡은 훨씬 더할 것이다.

그러나 아까 강을 건너기 전에 봤을 때 저쪽 검황천문 고수들은 아직 오백 명 이상이나 남아 있는 것 같았다.

그런데 진검룡 혼자 단신으로 강을 건너가서 그들과 싸우고 있으므로 청랑과 훈용강, 정무웅 등은 긴장과 염려가 극에 달했다.

이곳에서는 아무것도 보이지 않고 비명 소리만 들렸는데 그마저도 조금 전에 끊어지고 질식할 것 같은 고요함이 찾아들었다.

그런데 강 건너를 뚫어지게 주시하던 훈용강이 무언가를 발견하고 나직한 탄성을 터뜨렸다.

"아……! 주군이시다……!"

청랑과 정무웅은 훈용강의 시선을 좇아서 쳐다보다가 강 건너 수십 장 높이의 허공에 하나의 작은 점이 떠서 이쪽으로 쏘아오고 있는 것을 발견했다.

공력이 비슷한 수준인 훈용강과 청랑은 그 작은 점이 진검룡일 것이라고 짐작했다.

그런데 작은 점 즉, 진검룡이 가까이 다가올수록 청랑과 훈용강 등은 점점 더 놀랐다.

처음에는 진검룡이라고 생각했는데 아닐지도 모른다는 생각이 든 것이다.

온몸에 시뻘건 피칠을 한 혈인(血人)이 날아오고 있는 것이 아닌가.

얼굴은 물론이고 머리끝에서 발끝까지 핏물 속에 담갔다가 나온 사람처럼 피 일색의 사람이 눈 깜짝할 사이에 날아와서 안길 포구 목교로 비스듬히 쏘아왔다.

쿵!

훈용강과 청랑 등은 그 혈인이 목교에 묵직하게 내려서

고 나서도 그가 진검룡인 줄을 알아보지 못했다.

청랑이 혈인의 체격이 진검룡과 비슷한 것을 보고 조심스럽게 입을 열었다.

"주인님이세요?"

"그래."

진검룡의 목소리에는 피로가 더덕더덕 묻어 있다.

청랑이 품속에서 작고 납작한 봇짐을 꺼내면서 말했다.

"대충 핏물을 씻으시고 옷을 갈아입으세요."

그녀는 진검룡이 상시 필요로 하는 것들을 늘 품속에 지니고 다닌다.

진검룡이 옷을 벗으려는데 핏물에 떡이 져서 잘 벗겨지지 않자 청랑이 도와주었다.

진검룡이 바지를 벗는 것까지 도와준 청랑은 그의 속곳에 손을 댔다.

"이것도 벗어요. 여기에 새 옷을 어떻게 입겠어요?"

그녀는 마치 진검룡을 어린아이 다루듯 했다.

그녀는 십오 세 정도 매우 앳되게 보이는데 체구가 자신보다 절반 이상 큰 진검룡을 아이처럼 다루는 것이 희한했다.

진검룡의 중요 부위만 겨우 가린 속곳 역시 피에 흠뻑 젖어서 핏물이 뚝뚝 떨어지고 있다.

이곳에 여자는 청랑 한 사람뿐이지만 진검룡은 그녀를 여자로 여기지 않는다.

집에서는 하선이 진검룡의 몸종이라 그녀가 모든 시중을 들지만 청랑은 몸종 이상의 존재라서 하루 종일 진검룡을 따라다니며 일거수일투족을 속속들이 지켜본 까닭에 그에 대해서라면 모르는 게 없다.

그가 목욕을 한다든가 옷을 갈아입거나 혹은 또 다른 이유 때문에 그의 알몸은 여러 번 봤기에 한 번 더 본다고 해도 청랑으로서는 전혀 새삼스러운 일이 아니다.

진검룡은 굳이 거부할 일도 아니라서 속곳마저 벗고 목교 아래 강물로 뛰어들어 대충 씻고는 둥실 떠올라서 목교에 깃털처럼 내려섰다.

청랑이 깨끗해진 진검룡에게 속곳을 내밀자 그는 묵묵히 입고 나서 그녀가 내미는 산뜻한 흑의 경장 한 벌을 입었다.

진검룡이 옷을 다 입자마자 훈용강이 더 이상 못 기다리겠다는 듯 긴장된 얼굴로 물었다.

"주군, 어떻게 된 겁니까?"

평소의 훈용강이라면 이런 식의 질문은 하지 않는다.

내 일이 아니면 매사에 무관심하기 때문이다.

하지만 지금은 궁금해서 미칠 지경이다.

진검룡은 강 건너를 쳐다보면서 대수롭지 않게 중얼거렸다.

"놈들을 죽이고 왔다."

진검룡이 강 건너에서 적들과 싸우고 온 것은 아는데 무턱대고 놈들을 죽이고 왔다니까 청랑과 훈용강 등은 그 말을 얼른 이해하지 못했다.

그러나 여기에 있는 열세 명은 진검룡이 저 강 건너에서 한 시진 동안 실제로 무슨 일을 하고 왔는지에 대해서는 감히 상상조차 하지 못했다.

설사 백번을 양보한다고 해도 청랑과 훈용강 등의 상식으로 절대 그런 일은 벌어지지 않을 것이기 때문이다.

그저 진검룡이 수백 명의 적들이 득실거리는 곳에서 한바탕 속이 후련하도록 싸운 후에 무사히 돌아왔다는 사실이 다행스럽고 기쁠 뿐이다.

진검룡은 관도 쪽으로 목교를 걸어가고 청랑 등이 뒤를 따르는데 훈용강이 궁금한 얼굴로 물었다.

"놈들을 죽였다는 게 무슨 말씀이십니까?"

"말 그대로 죽였다는 거다."

"얼마나 죽이셨습니까?"

"깡그리."

"······."

훈용강은 물론이고 청랑과 정무웅, 제일부대원 모두 혼비백산한 얼굴로 걸음을 멈추었다.

그러고는 목교가 끝나 관도로 들어서는 진검룡에게 부랴부랴 쫓아가며 어수선하게 물었다.

"거··· 검황천문 고수들을 다 죽였다는 겁니까?"

"주인님! 다친 곳은 없나요?"

"주군! 우호법은 어떻게 하셨습니까?"

진검룡이 멈춰서 피곤한 듯한 얼굴로 설명했다.

"우호법이란 놈은 대가리를 박살 내서 죽였고 검황천문 고수들은 오백 명쯤 되던데 다 죽였다."

청랑과 훈용강 등은 질린 듯한 표정을 지었다.

그들은 진검룡이 무슨 말을 한 것인지 순간적으로 이해를 하지 못했다.

달랑 혼자서 남천 검황천문의 일류고수 오백여 명을 깡그리 죽였다는 말을 곧이곧대로 믿는 사람은 세상천지에 아무도 없을 것이다.

그렇지만 진검룡이 거짓말을 할 리가 없다.

그리고 매우 놀라운 일이긴 하지만 진검룡에게 그만한 능력이 전혀 없는 것은 아니다.

잠시가 지나서 훈용강이 마치 창으로 심장을 깊숙이 찔린 것 같은 표정으로 물었다.

"설마… 주군께서 우호법과 검황천문 고수 오백 명을 깡그리 주살하셨다는 말씀이십니까?"

그는 확인이 필요했다.

"그래."

그 순간 훈용강은 거센 전율이 후드득! 하고 온몸을 휩쓰는 것을 느꼈다.

훈용강은 무림의 경험이 풍부하고 각양각색의 고수들과 무수한 싸움을 치렀지만 여태껏 한 사람이 오백 명을 죽였다, 아니, 몰살시켰다는 말은 단 한 번도 들은 적이 없었다.

훈용강만이 아니라 청랑과 정무웅, 그리고 제일부대원 열 명은 대경실색한 표정으로 진검룡을 쳐다보았다.

그들의 눈에는 진검룡이 사람으로 보이지 않았다.

영단강 초원의 대혈전이 벌어진 지 보름이 지났다.

진검룡은 영웅문에 돌아온 이후 아무것도 하지 않고 허구한 날 술독에 빠져서 살았다.

그가 식사도 하지 않은 채 밤낮없이 얼마나 술을 마셔 댔는지 그처럼 술을 좋아하는 민수림마저도 그와 며칠간 술을 마시더니 그다음부터는 같이 마시지 않았을 정도다.

그사이에 영웅문에서는 영단강 강변과 초원에 가서 영

웅고수들의 시체를 수습하여 관에 넣어 수십 대의 수레에 싣고서 돌아왔다.

그 이전에 검황천문에서는 영단강 옆 초원에서 머리가 박살 난 우호법과 도합 팔백여 구에 달하는 검황천문 고수들의 시체를 깨끗하게 거두어 갔다.

민수림은 태상문주의 권한으로 죽은 영웅고수들의 장례를 성대하게 치르고 유족들에겐 넉넉한 보상금을 나누어 주도록 지시했다.

영웅문 배후의 영웅사문에는 강소성에서 이주한 곤산당과 대승당, 그리고 탈혼부 제팔분부주였다가 영웅호위대 제오대주가 된 위융의 가족 등 총 삼백여 세대나 살고 있다.

예전 곤산파와 대승방 소속 사람들이 영웅문 휘하가 되면서 강소성에서 가족들을 전부 고스란히 이곳으로 이주시켰기 때문이다.

'영단강전투'로 명명된 보름 전 싸움에서 곤산당과 대승당 휘하는 십칠 명이 죽었으며 유족은 열다섯 집이 됐다.

영웅문 총무장 유려가 그들에게 각 유족당 은자 만 냥씩 지급했으며 그들이 원한다면 영웅사문에서 계속 살아도 된다고 말하자 열다섯 집 모두 무척 고마워하면서 계속 이곳에서 눌러살겠다고 했다.

일반적으로 문파나 방파에서 외부와의 싸움으로 고수나 무사가 죽으면 보상금을 주는데 은자 백 냥에서 많아야 이백 냥을 넘지 않는다.

그런데 영웅문 유족들은 각 가구당 은자 만 냥씩을 받았으니 그 돈이면 아무 곳이나 살기 좋은 고장에 가서 장사든 농사든 무엇을 하더라도 자금이 넉넉할 것이다.

유족에게 은자 만 냥을 지급하고 이곳에서 계속 살아도 된다고 결정한 사람은 민수림이다.

영웅문 전체의 분위기는 무겁게 가라앉았다.

사백구당 중에서 외부에 문파와 방파를 두고 있는 여섯 개 당은 영웅문에 필요한 최소 인원 열 명씩만 남겨두고 각자의 방파와 문파로 돌아갔다.

외문팔당은 영단강전투에서 이백여 명이 죽고 백여 명 이상 부상을 당하는 피해를 입었기 때문에 각자 자파로 돌아가서 피해 복구와 회복을 해야 한다.

영웅문 내에는 곤산당과 대승당, 충혼당 외문삼당과 내문사당, 총무전, 영웅호위대가 자리를 지키고 있다.

외문팔당 중 육당이 영웅문 외부에 본거지를 두고 있는 것과는 달리 내문사당과 총무전, 영웅호위대는 전원이 영웅문 내 자신들의 부서에서 임무에 충실하고 있다.

내문사당과 총무전을 이루고 있는 항주 십이소방파는 외부에 본거지를 둔 외문육당하고는 달리 영웅문 외부의 원래 방파와 문파들을 거의 다 정리하고 대부분 영웅문 내에서 기거하면서 임무에 충실하고 있다.

진검룡은 오늘도 용림재 이 층 자신의 방에 틀어박혀서 술을 마시고 있는 중이다.

반면에 민수림은 오늘까지 열흘째 술을 한 모금도 마시지 않고 있다.

그러는 이유는 진검룡이 매일 고주망태가 되어 술만 마시고 있어서 적잖이 충격을 받았고 영웅문의 최고 우두머리로서 둘 중 한 사람은 정신이 맑은 상태로 있어야 하기 때문이다.

진검룡이 영단강전투 이후 영웅문에 돌아와서 술을 마시기 시작할 때에는 민수림도 같이 마셨지만 그 상황이 닷새 동안 지속되자 그녀는 엿새째부터 술 마시기를 그만두었다.

그리고 그때부터 민수림은 진검룡과 함께 있거나 그의 주위를 맴돌면서 지켜보기만 했다.

진검룡이 영웅문 용림재에 돌아와서 술을 마시기 시작

한 지 오늘로써 십사 일째다.

척!

민수림이 들어서자 하선이 그녀에게 공손히 허리를 굽혀 예를 취했다.

진검룡은 창가의 탁자 앞에 앉아서 술을 마시고 있는데 민수림을 쳐다보지도 않았다.

민수림은 하선에게 고개를 끄떡여서 나가 있으라는 신호를 보내고는 탁자로 다가갔다.

그녀가 탁자 맞은편에 앉자 진검룡은 슬쩍 쳐다보기만 하고 아무 말 없이 술을 마셨다.

십사 일 동안 식사는 일절 하지 않고 잠도 자는 둥 마는 둥 술만 마신 그의 얼굴은 몹시 푸석푸석했다.

민수림은 그의 얼굴을 물끄러미 응시했다. 그녀는 그가 어째서 이러는 것인지 이유를 알고 있다.

영단강전투에서 수하를 이백여 명이나 잃은 충격에서 아직 헤어나지 못하기 때문이다.

민수림이 그걸 이해하지 못하는 게 아니다. 인간이기에 누구라도 그런 충격에 빠질 수가 있지만 그것도 정도라는 것이 있다. 이제는 정신을 수습할 때가 됐다.

언제까지나 충격에서 헤어나지 못한 채 주야장천 술독에 빠져서 살 수는 없다.

                    *   *   *

　"검룡."

　민수림은 십구 일 전 우호법 일행을 맞이하러 영웅문을
나선 이후 처음으로 진검룡에게 말문을 열었다.

　그가 매일 쉬지 않고 술을 마시고 있을 때에도 그녀는
한마디 말도 하지 않고 묵묵히 지켜보기만 했었다.

　진검룡 스스로 정신을 차리고 일어서기를 기다렸는데
그게 쉽지 않은 모양이다.

　그러나 그녀가 생각하기에 진검룡의 방황이 너무 길어
지고 있는 것 같아서 이제 참견을 하려고 한다.

　그녀의 부름에 진검룡이 술잔을 입으로 가져가려다 멈
추고 게슴츠레한 눈으로 쳐다보았다.

　민수림은 차분하게 말했다.

　"이제 일어설 때가 됐어요."

　"수림……."

　"이러다가 검룡은 폐인이 되고 말아요."

　진검룡은 반쯤 뜬 눈으로 물끄러미 민수림을 바라보다
가 천천히 술잔을 내려놓았다.

　그는 두 손을 모으고 처연하게 그녀를 바라보며 까칠해
진 목소리로 말했다.

　"내가 어떻게 해야 합니까?"

"왜 술을 마신 건가요?"

진검룡의 얼굴에 어둠이 땅거미처럼 드리워졌다.

"처음에는 너무 많은 수하들이 죽어서 죄책감 때문에 괴로웠습니다."

"죄책감은 극복했나요?"

민수림은 진검룡이 겪은 과정을 마치 다 알고 있는 것처럼 조용히 물었다.

진검룡은 천천히 고개를 끄떡이고 나서 말했다.

"그것으로 끝인가 했는데 그다음에는 또 다른 감정이 생기더군요."

"미안함인가요?"

"그렇습니다."

진검룡은 민수림이 자신의 속을 들여다보는 것처럼 말해도 이상하게 여기지 않았다.

그녀가 그러는 것이 이번이 처음이 아니기 때문이다.

그녀는 독심술로 사람 마음을 읽는 것 같았다.

그러나 그는 그녀가 독심술을 사용하지 않는다는 것을 잘 알고 있다.

그녀 자신이 알지 못하는 경험과 박식함, 그리고 총명함이 그녀의 눈과 머리를 밝게 만들어주는 것일 게다.

진검룡의 감정이 조금 격앙되어 뺨이 씰룩거렸다.

"죽은 수하들의 가족들에게 한없이 죄스럽고 미안할 따름입니다. 도대체 나라는 존재가 뭐라고 그 많은 사람들을 죽게 만들었으니……."

그가 그저 평범한 무림인으로서 얌전하게 살아간다면 모르지만 지금의 그는 천하육대명도 중 하나인 대도(大都) 항주의 절대자.

지배자로 나선 이상 장차 영단강전투보다 더한 일도 반드시 경험하게 되어 있다.

그러니까 그가 영단강전투에서 겪은 일은 언젠가는 치러야 할 통과의례 같은 것이다.

앞으로는 이보다 더 크고 뼈아프며 어쩌면 돌이킬 수도 없는 일들을 더 많이 겪게 될 터이다.

민수림은 온화한 표정을 지었다.

"그렇겠지요."

진검룡은 막막한 표정으로 민수림을 바라보았다.

"지금 내 심정이 어떤지 압니까?"

"막막한가요?"

진검룡은 눈을 조금 크게 떴다.

"어떻게 알았습니까?"

"그냥 알 것 같았어요."

진검룡이 궁금한 것은 그녀가 그걸 어떻게 알았는지가 아니라 자신의 막막함을 그녀가 해소해 줄 수 있느냐는 것이다.

"해소하고 싶은가요?"

진검룡은 간절한 표정으로 고개를 끄떡였다.

"네."

슥!

"따라오세요."

민수림이 일어나서 문으로 걸어가자 진검룡은 멍하니 그녀를 바라보다가 이끌리듯이 그녀를 따라갔다.

그러나 오랫동안 앉아만 있었고 많이 취한 탓에 쓰러질 것처럼 비틀거렸다.

민수림은 그를 부축하고 타이르듯 말했다.

"이런 모습으로 밖에 나갈 거예요?"

"아……."

진검룡은 뭔가를 깨닫고 즉시 바닥에 가부좌로 앉아서 운공조식을 시작하여 잠시 후에는 체내에 축적된 취기를 공력으로 깡그리 배출했다.

용림재를 나온 민수림은 세류천을 따라 영웅사문 안쪽으로 걸어 들어갔다.

서쪽 옥황산에서 발원하여 여기까지 흘러온 세류천은 둘레가 십여 리에 이르는 거대한 규모의 영웅문 내에서 도합 열두 개의 크고 작은 호수를 만들었는데 그중 일곱 개가 영웅사문 안에 있다.

영웅사문에는 원래 집이 한 채도 없이 구불구불 흐르는 세류천과 군데군데 일곱 개의 호수, 그리고 비옥하고 드넓은 토지가 펼쳐져 있었다.

그런데 영웅문이 정식으로 개파를 한 직후부터 엄청난 자금과 인력, 기술을 총동원하여 집을 짓기 시작했다.

그래서 불과 한 달 만에 수십 채의 집이 뚝딱 지어지더니 석 달이 지난 지금은 오백여 채가 넘는 각양각색의 집들이 세류천과 일곱 개의 호수 주위에 즐비하게 자리를 잡고 있다. 모두 새집이라서 번쩍번쩍 광이 난다.

영웅사문 내의 집 짓기는 현재도 활발하게 진행되고 있는 중이며, 건축을 맡고 있는 총무전에 의하면 앞으로 두 달 후에는 총 천오백여 채의 집들이 지어질 것이라고 한다.

천오백여 채가 지어진다고 해도 영웅사문 전체 토지의 십분지 일을 겨우 채울 수 있을 정도다.

영웅사문의 땅은 그 정도로 광활하다.

더구나 옥황산까지 십여 리 이내의 모든 땅이 영웅문 소유이므로 땅이 좁을까 걱정할 필요는 없다.

드넓은 영웅사문 내에는 바둑판처럼 반듯반듯한 길이 이리저리 뻥뻥 뚫려 있으며 옥황산과 인근 산에서 뽑아

온 수만 그루의 갖가지 나무들이 곳곳에 심어져서 영웅사문 전체를 숲속처럼 만들었다.

뿐만 아니라 영웅사문의 각 집들은 적게는 한 척에서 많게는 서너 척까지 배를 소유하고 있다.

그 배로 세류천을 타고 내려가서 장항천으로 들어가 거슬러 오르면 항주 성내까지 반시진 내에 갈 수가 있다.

물론 배들이 자유롭게 다닐 수 있도록 세류천의 수심을 고르게 만들었으며 세류천 곳곳에 다리를 놓아 통행에 지장이 없도록 했다.

또한 영웅사문 세류천에서 배를 몰면 영웅본문을 거치지 않고 장항천에 진입할 수 있도록 따로 수로를 만들었다.

그래서 영웅사문 사람들은 생필품이나 필요한 것들을 사러 혹은 나들이 삼아 걸핏하면 배를 타고 성내로 가거나 전당강, 그리고 서호까지도 나간다.

영웅문이 항주의 절대자가 됐으므로 영웅사문에 살고 있는 사람들이 외부에 나가면 모두들 더없이 부러운 표정으로 바라보며 무슨 일이든지 팔을 걷고 성심껏 나서서 도와주려고 애를 쓴다.

그것이 바로 영웅문의 힘이다.

영웅문이 제도와 법을 크게, 그리고 많이 고친 덕분

에 항주를 비롯한 인근 백여 리 이내의 백성들이 과중한 세금이나 노역을 하지 않고 편하게 살 수 있게 되었다.

민수림과 나란히 걷고 있는 진검룡은 아까부터 주위를 두리번거리면서 구경하는데 얼굴에 적잖이 감탄하는 기색이 역력하게 떠올라 있다.

그도 그럴 것이 예전에 그가 봤던 이 지역은 아무것도 없는 허허벌판과 굽이쳐 흐르는 세류천, 그리고 호수들이 띄엄띄엄 있었을 뿐이다.

그런데 지금은 항주 성내 어느 거리에 온 것처럼 너무 많이 변했다.

진검룡과 민수림이 살고 있는 용림재는 영웅본문과 영웅사문의 경계 지점에 있기 때문에 진검룡은 이쪽으로 와볼 기회가 도통 없었다.

그때 민수림은 걸음을 잠시 멈추고 주위를 두리번거렸다. 그녀도 이쪽은 초행길이라서 어디가 어딘지 갈피를 잡지 못하는 것 같았다.

그때 어디선가 일남 일녀가 구르듯이 달려오더니 진검룡과 민수림 앞에 나란히 서서 허리를 굽히며 공손히 읍했다.

"두 분 문주를 뵈옵니다."

일남 일녀는 영웅문 내문총관인 한림과 운해검당의 당

주 상하군이다.

항주 십이소방파의 하나였던 운해검문은 영웅문 내문사당의 운해검당이 되었다.

예전 문파의 이름을 사용해도 좋다는 진검룡의 허락으로 상하군은 당명을 운해검당으로 지었다.

두 사람은 용림재 경호무사에게 문주 두 분이 영웅사문 안쪽으로 향했다는 보고를 듣는 즉시 만사 제쳐두고 부랴부랴 달려온 것이다.

"어딜 가십니까?"

한림의 공손한 물음에 진검룡은 대답하지 못했다.

민수림이 자신을 어디로 데려가는지 모르기 때문이다.

"곤산당과 대승당 가족들이 사는 곳으로 안내해 줘요."

"저를 따라오십시오."

민수림의 말에 한림과 상하군이 즉시 앞장섰다.

그러나 진검룡의 걸음은 조금씩 늦어졌다. 이제 자신이 어딜 가고 있는지 알았기 때문이다.

강소성 남쪽지방에서 다 같이 온 곤산당과 대승당 가족들은 모두 한데 어울려서 하나의 커다란 마을을 형성하여 오순도순 살아가고 있다.

이곳을 곤산당의 첫 글자인 곤을 따고 대승당의 첫 글자인 대를 따서 곤대촌(崑大村)이라고 한다.

진검룡은 조금 전에 민수림이 곤산당과 대승당 가족들이 사는 곳으로 가자는 말을 했을 때에야 비로소 그녀가 어디를 무엇 때문에 가려는 것인지 깨달았다.

그녀는 영단강전투에서 죽은 곤산당과 대승당 수하들의 유족을 만나려는 것이다.

하지만 어째서 유족들을 만나려는 것인지 이유까지는 진검룡으로서는 짐작하지 못했다.

한림의 안내를 받아 진검룡과 민수림은 곤대촌의 어느 집으로 들어갔다.

곤대촌의 집들은 구불구불 흐르는 세류천과 세 개의 호수 주변에 삼백여 가구가 모여 있다.

얼핏 보면 집들의 크기와 모양이 비슷한 것 같지만 자세히 보면 조금씩 다 다르고 저마다 독특한 개성이 깃들어 있다.

넓은 마당과 그보다 훨씬 넓은 밭을 앞뒤로 소유하고 있는 이 층 구조의 근사한 집들이다.

이 정도 규모라면 각 집마다 최소한 열 개 이상의 방이 있을 듯했다.

운해검당주 상하군이 먼저 달려가서 알린 덕분에 진검

룡과 민수림이 들어간 집의 유족들이 모두 마당에 나와서 기다리고 있다가 엎어지듯이 무릎을 꿇고 크게 몸을 떨면서 절을 올렸다.

"소인들이 두 분 문주님을 뵈옵니다……!"

이십칠팔 세 정도의 여자와 이십오륙 세 전후의 젊은 남자, 그리고 이십 대 초반의 여자 등 세 사람이 땅바닥에 엎드렸다.

그들의 뒤에 대여섯 살짜리 여자아이와 서너 살짜리 사내아이 둘이 겁먹은 듯한 얼굴로 손을 잡고 서 있다.

그들의 절을 받는 진검룡은 참담한 심정이라서 우두커니 서 있기만 했다.

민수림이 부드럽게 말했다.

"일어나세요."

그래도 그들이 일어나지 않자 민수림이 친히 그들의 팔을 잡고 일으켜 주었다.

곤산당 휘하는 백삼십오 명이며 네 개의 단(壇)이 있다.

그리고 각 단에는 세 개의 조(組)가 있는데 채정찬(蔡正贊)은 곤산당 제이단 휘하 삼조장이었다.

채정찬은 지난번 영단강전투 때 죽었다.

민수림이 유족을 찾아왔는데 우연치 않게 채정찬 집이 제일 먼저 걸렸다.

물론 진검룡은 채정찬이 누군지 얼굴도 모른다.

그리고 그에 대해서 아는 것이 전혀 없다.

다만 채정찬이 자신을 따라서 우호법을 치러 간 사백여 수하들 중 한 명이라는 사실만 막연하게 알고 있을 뿐이다.

그 부분이 새롭게 진검룡을 괴롭혔다.

이 집안의 기둥이며 남편이고 아버지.

그리고 형과 오빠였던, 더 이상 중요할 수 없는 사람이 죽었는데도 진검룡은 그 사람의 얼굴도 모르고 이름도 들어본 적이 없다.

그런 사람이 진검룡의 명령 한마디에 적진으로 따라갔다가 주저 없이 몸을 내던져 싸웠으며 그러고는 새벽의 이슬처럼 스러져 갔다.

채정찬의 집 거실 큼직한 탁자에 채정찬의 아내와 남동생, 여동생이 나란히 앉고 그 앞에 진검룡과 민수림이 나란히 앉았으며 탁자 한쪽에 한림과 상하군이 시립한 자세로 서 있다.

진검룡은 마주 보고 앉아 있는 채정찬의 가족들을 똑바로 마주 쳐다볼 자신이 없어서 괜히 실내를 두리번거렸다.

민수림은 그걸 알면서도 내버려 두었다. 그의 심정을 잘 알고 있기 때문이다.

이곳에 있는 사람들 모두 진검룡이 왜 그러는지 알기에 가슴이 더 무거워졌다.

전사한 수하의 집에 와서 좌불안석 어쩔 줄 모르는 최고 상전 주군의 모습이 너무도 인간적이라서 채정찬의 아내와 여동생은 소리 없이 눈물을 흘렸다.

문득 진검룡의 시선이 거실 한쪽 벽면에 새로 만들어진 듯한 사당으로 향했다.

거기에는 위패가 있고 향이 타오르고 있다.

그리고 위패에는 '채정찬'이라는 죽은 사람 이름이 적혀 있었다.

그러고 보니까 향을 태우는 향기가 실내에 자욱했다.

그런데 진검룡은 그제야 그것을 느꼈다. 그 정도로 긴장했던 탓이다.

그때 바깥에서 급박한 발소리가 들렸다.

곤산당주이며 외문총관인 풍건이 구르는 것처럼 달려 들어왔다.

"주군!"

진검룡은 미간을 좁힌 채 풍건을 쳐다보다가 와락 얼굴을 찌푸리며 벌떡 일어섰다.

그가 밖으로 나가려고 하자 풍건과 한림이 발작하듯이
그를 불렀다.
  "주군! 가지 마십시오!"

第六十九章

재기

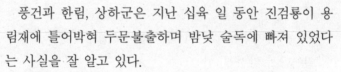

　풍건과 한림, 상하군은 지난 십육 일 동안 진검룡이 용림재에 틀어박혀 두문불출하며 밤낮 술독에 빠져 있었다는 사실을 잘 알고 있다.

　그리고 진검룡이 어째서 그러는지에 대해서도 잘 알고 있었다.

　진검룡이 수하를 이백여 명이나 잃은 충격에서 헤어나지 못하고 있다는 사실은 공공연한 비밀이라서 영웅문 내에서 그 사실을 모르는 사람은 아무도 없다.

　풍건이 갑자기 진검룡을 향해 무릎을 꿇더니 이마를 바닥에 대고 진중한 목소리로 말했다.

"주군! 드릴 말씀이 있습니다!"

진검룡은 풍건이 무슨 말을 할지 짐작하고는 미간을 잔뜩 찌푸렸다.

"하지 마라."

풍건은 고개를 들고 간절한 표정을 지었다.

"주군, 꼭 들어주십시오. 부탁합니다."

진검룡은 인상을 더욱 와락 썼지만 아무 말도 하지 않고 풍건을 외면했다.

이런 상황인데도 민수림은 나서지 않았다.

그녀는 여러 사람들이 있을 때 진검룡의 언행을 가로막거나 제지한 적이 한 번도 없다.

풍건이 부복한 채 진검룡을 우러러보면서 말했다.

"사실 주군께 말씀드리지 않은 일이 있습니다."

진검룡은 자리에 앉아서 약간 퉁명스럽게 말했다.

"일어나서 말하게."

풍건은 조심스럽게 일어나서 말을 이었다.

"사실은 몇 달 전에 강소성에서 검황천문이 어떤 사건을 일으켰습니다."

풍건이 말한 강소성에서의 사건이란 이런 것이었다.

풍건은 검황천문 검천사자에게 제압되어 검황천문 뇌옥에 감금되어 고문을 당하다가 진검룡과 민수림에 의해서 탈옥하여 항주로 왔었다.

풍건은 검황천문에 의해서 봉문을 당한 곤산파에서 이십오 명의 수하들을 추려서 영웅문으로 데리고 왔다.

그리고 대승방주였던 고범은 대승방을 해체하고 백 명의 수하들을 이끌고 영웅문에 합류했었다.

이후 그들은 영웅문에서 자리를 잡자마자 각자의 고향으로 돌아가서 가족들을 이끌고 다시 영웅문으로 왔었다.

그런데 그러고 나서 닷새가 지났을 때 검황천문 탈혼부에서 곤산파가 있던 곤산과 대승방이 있던 무진현에 들이닥쳐 두 방파의 문하고수들과 가족들을 깡그리 주살하는 끔찍한 일이 벌어졌다.

검황천문 탈혼부 고수 탈혼사들은 이미 마을을 떠난 두 방파의 고수들을 끝까지 추적해서 그들은 물론이고 가족들까지 남김없이 죽여 버렸다.

그렇게 해서 죽은 사람의 수가 무려 천이백여 명이라고 했다.

예전에 곤산파와 대승방 수하가 사백여 명쯤 됐으니까 가족들까지 합하면 그 정도 될 것이다.

검황천문 탈혼부는 이미 해체된 곤산파와 대승방하고 조금이라도 연관이 있는 사람들을 끝까지 추적해서 깡그리 멸절시킴으로써 검황천문을 배신하면 어떻게 되는지를 만천하에 똑똑히 보여주었다.

풍건의 설명을 다 들은 진검룡은 두 눈을 찢어질 듯이 부릅뜨고 시퍼런 살기를 뿜어냈다.

"으으… 이 죽일 놈들……."

설명을 듣는 도중에 그는 이미 자리에서 일어났는데 분노를 견디지 못해 몸을 부들부들 떨었다.

풍건의 설명이 끝난 후에 실내에는 질식할 것 같은 무거운 침묵이 흘렀다.

채정안의 아내와 남동생, 여동생은 일어나서 고개를 숙인 채 눈물을 흘리고 있다.

한참 만에 진검룡이 억눌린 듯한 목소리로 입을 열었다.

"생존자는 없는가?"

"있습니다."

"얼마나 되나? 그들은 어디에 있지?"

"백이십 명입니다. 항주 인근 장원에서 지내도록 조치를 해두었습니다."

진검룡은 버럭 화를 냈다.

"무슨 소리냐? 그들을 어째서 본문에 데려오지 않고 외부에서 지내게 했다는 말이냐?"

"주군……."

진검룡이 예상외로 크게 화를 내므로 다들 놀라고 풍건

은 어쩔 줄 모르고 쩔쩔맸다.

진검룡은 더욱 호통을 쳤다.

"풍건! 너는 어째서 그들을 외부에서 머물게 했느냐?"

"그… 그들은 본문 사람이 아니고… 아직 문주께 보고를 드리지 않았기에…….."

"그걸 말이라고 지껄이느냐?"

"주군……."

"어째서 그들이 본문 사람이 아니라는 것이냐? 그럼 너도 본문 사람이 아니냐?"

"……."

"그들이 근처에 있는 것도 모르고 나는 매일 술만 퍼마시고 있었잖느냐?"

"주군……."

"나처럼 무능한 문주가 어디에 있다는 말이냐……?"

풍건과 한림 등은 울컥! 심장이 조이는 것을 느꼈다.

진검룡은 몸을 부들부들 떨면서 심장이 찢어지는 듯한 목소리로 읊조렸다.

"나 하나 때문에 이백여 명의 무고한 수하들이 죽었으며… 내 사람들이 내 집이 아닌 곳에서 지내고 있는데도 나는 술이나 퍼마시고 있었다는 말이다……."

누가 들어도 그것은 자신을 꾸짖는 말이라서 사람들의

감정을 크게 움직였다.

그는 밖으로 향하며 외치듯이 말했다.

"풍건! 그들이 어디에 있는지 앞장서라!"

[검룡, 기다려요.]

그때 민수림의 전음이 들려와서 진검룡은 걸음을 멈추고 그녀를 돌아보았다.

천하에서 그의 행동을 멈추게 할 수 있는 사람은 민수림밖에 없다.

아무리 다급한 일이라고 해도 그는 민수림의 말이라면 무조건 수긍한다.

그것이 그가 민수림을 대하는 법이다.

[앉아서 여기 일을 마무리해요.]

'마무리?'

진검룡은 민수림의 말을 금세 이해하지 못했다.

이곳에서 마무리할 게 뭐가 있다는 말인가?

"주군."

풍건이 엄숙한 표정으로 말하자 진검룡은 어쩌면 그가 할 말이 남았으며 그것이 민수림이 말한 여기 일의 마무리일지 모른다고 생각했다.

"주군께서 영웅문에 거두어주지 않으셨다면 저희들은 검황천문에 몰살당했을 것입니다."

진검룡은 움찔했다.

풍건은 두 손을 앞에 모으고 진심 어린 표정으로 말을 이었다.

"저희들은 주군 덕분에 두 번 살게 된 목숨들입니다. 그렇기 때문에 주군을 위하여 죽어야 하고 또 그렇게 죽는 것을 가장 값진 희생이라고 생각합니다."

"무슨 소리야……?"

"곤산당에서는 여덟 명이 죽었으며 그들 중 옛 곤산파 수하는 두 명이었습니다."

"다른 여섯 명은 누구지?"

"항주 십이소방파에서 선발한 자들입니다."

영웅문 곤산당은 풍건이 곤산파에서 이끌고 온 이십오 명과 항주 십이소방파에서 엄선한 백다섯 명을 합쳐 백삼십 명으로 이루어졌다.

풍건이 말을 이었다.

"이 집의 가장이었던 채정찬은 비겁하게 도망다니다가 죽은 것이 아니라 주군을 모시고 싸운 전투에서 영광스럽게 죽었으므로 남은 가족들은 그를 자랑스럽게 여기고 있습니다. 무사로서 최고의 죽음인 것입니다."

진검룡은 미간을 찌푸렸다. 한 집안의 가장이 죽었는데 영광은 뭐고 무사로서 최고의 죽음은 뭐라는 말인가.

죽은 것은 죽은 것일 뿐이다.

저잣거리 생활을 오래 한 그로서는 '무사로서 최고의 죽음'이라는 것을 이해하기가 어려웠다.

그가 알고 있는 것은 부자나 고귀한 인물의 죽음과 가난뱅이의 죽음이 다르다는 정도다.

풍건은 지금까지보다 더 정중하고 경건한 자세를 취했다.

"채정찬이 전투에서 전사한 것은 슬픈 일이지만 자랑스러운 죽음이므로 남아 있는 가족들은 죽을 때까지 떳떳하게 살아갈 수 있을 것입니다."

진검룡은 풍건이 하는 말을 이해하려고 애쓰지 않았다.

억지로 이해되는 것이 아니라는 생각이 들었기 때문이다.

그러나 그런 죽음도 있을 것이라고 막연하게 여겼다.

"그러므로 주군께선 괴로워하지 않으셔도 됩니다."

진검룡은 대답하지 않았다. 다만 자신이 무엇 때문에 괴로워했었는지를 잠시 생각해 보았다.

"저……."

그때 채정찬의 아내가 몹시 조심스럽게 입을 열었다.

진검룡이 쳐다보자 그녀는 굽실 허리를 굽혔다.

"저희 가족을 영웅사문 곤대촌에서 계속 살게 해주셔서 고맙습니다."

민수림이 진검룡에게 전음을 했다.

[유족들에게 골고루 은자 만 냥을 주고 원한다면 영웅사문에서 계속 살 수 있도록 하라고 지시했어요.]

진검룡은 가볍게 고개를 끄떡였다.

그는 괴로워서 술독에 빠져 있느라 미처 거기까지 생각하지 못했었는데 민수림이 잘 처리해 줘서 고마웠다.

그래서 그는 또 하나를 배웠다.

그런 일은 끝나고 나서의 처리가 매우 중요하다는 사실을 말이다.

침묵이 길어지자 풍건이 공손히 말했다.

"가시죠, 주군."

진검룡과 민수림은 곤대촌을 나와서 용림재로 향했다.

나란히 걷던 진검룡이 중얼거리듯이 말했다.

"수림, 고맙습니다."

"나아졌나요?"

"아까보다 많이 좋아졌습니다. 수림 덕분입니다."

민수림의 목소리가 차분해졌다.

"검룡이 이제부터 제일 처음에 해야 할 일이 무엇인지

알 것 같은가요?"

진검룡은 당연한 듯이 대답했다.

"항주 인근 장원에 머물고 있다는 생존자 백이십여 명을 데리러 가야지요."

"그런 것은 수하들에게 시켜도 돼요."

진검룡은 걸음을 멈추고 의아한 표정을 지으며 민수림을 쳐다보았다.

"그게 중요한 일이 아닙니까?"

"아니에요."

"그것보다 더 중요한 일이 있습니까?"

민수림은 잔잔하게 미소 지었다.

"생각해 보세요."

그녀는 자신이 말해줄 수도 있지만 그러지 않았다.

그런 식으로 무엇이든 그녀가 가르쳐 준다면 진검룡은 최고 우두머리로서의 자격을 갖추지 못하게 될 터이다.

민수림의 그런 의도를 알고 있는 진검룡은 그녀를 조르지 않고 다시 걸어가면서 생각에 잠겼다.

서두르지 않고 생각해 보면 그 안에 답이 있을 것이라고 짐작했다.

지금까지 경험에 의하면 민수림은 절대로 터무니없는 문제를 내지 않았다.

그는 영단강전투부터 조금 전에 채정찬 유족을 만난 일까지 하나씩 차근차근 생각해 보았다.

민수림이 조용히 말했다.

"상대가 해야 할 일이 우리가 해야 할 일이에요."

"……!"

진검룡의 미간이 좁혀졌다.

'상대라면 검황천문……'

다음 순간 그의 눈이 부릅떠졌다.

검황천문이 제일 먼저 무엇을 할 것인지, 그래서 자신이 거기에 대비하여 무엇을 해야 하는지를 깨달은 것이다.

"갑시다, 수림."

그가 빠른 걸음으로 용림재로 향하는 뒷모습을 보면서 민수림은 방그레 미소 지었다.

'과연 검룡이야.'

민수림은 자신들이 가장 먼저 해야 할 일이 무엇인지 진검룡 스스로 생각해 낼 줄 알고 있었다.

그녀가 믿고 기다려 주면 진검룡은 한 번도 어김없이 거기에 응답을 해주었다.

진검룡이 목욕을 한 이후에 면도를 하고 있을 때 풍건이 찾아왔다는 전갈을 받았다.

진검룡의 면도를 해주던 하선은 침착하게 할 일을 끝내고 그에게 새 옷을 입혀주었다.

풍건은 아까 채정찬의 집에서 진검룡이 곤산파와 대승방의 생존자들이 있는 장원으로 가자고 했기에 그를 안내해 주려고 온 것이다.

진검룡은 거실로 나오면서 풍건에게 명령했다.

"모두 쌍영웅각으로 집합시키게."

영웅본문의 진검룡과 민수림의 집무실이 있는 전각이 쌍영웅각이다.

그곳으로 집합하라는 것은 매우 중대한 발표가 있다는 뜻이다.

풍건은 가볍게 놀라는 표정을 지었다.

"모두… 말입니까?"

"당주까지만 집합시키게."

"알겠습니다."

풍건은 진검룡의 표정이 아까 채정찬의 집에서 봤을 때와는 달리 강건한 것을 보고 적잖이 긴장했다.

그러나 한 가지는 분명했다. 주군이 긴 방황에서 마침내 깨어났다는 사실이다.

*   *   *

풍건이 쌍영웅각 회의실에 당주급 이상 간부들을 모으는 동안 진검룡은 민수림과 대화를 나누었다.

"모두들 모였는데 뭐라고 말할까요?"

진검룡이 진지한 얼굴로 묻자 민수림은 방긋 미소 지었다.

"생각한 것이 있나요?"

진검룡은 고개를 끄떡였다.

"있기는 한데 아주 어설픕니다. 그래서 수림의 의견을 듣고 싶습니다."

"그대로 진행하세요."

진검룡은 의아한 표정을 지었다.

"내가 무슨 생각을 하는지 들어보지도 않습니까?"

"들어보지 않아도 괜찮아요."

"어째서입니까?"

"검룡을 믿으니까요."

진검룡은 괴로운 표정을 지었다.

"모두들 날 믿었다가 영단강에서 쓴잔을 마셨잖습니까? 수하를 이백여 명이나 잃었습니다."

민수림은 희고 긴 검지를 세워서 좌우로 까딱까딱 흔들며 조금 단호한 표정을 지었다.

"그렇지 않아요."

"무슨 말입니까?"

"우린 영단강에서 이겼으며 성공했어요."

진검룡은 미간을 찌푸렸다.

"농담할 기분 아닙니다."

"농담 아니에요."

민수림은 차분하게 말했다.

"무엇보다도 큰 성공은 검룡이 큰 경험을 하여 한 단계 성장했다는 사실이에요."

진검룡이 멍한 얼굴로 쳐다보자 민수림이 물었다.

"검룡은 영단강전투에서 여러 가지를 배웠죠?"

그는 가만히 있다가 무겁게 고개를 끄떡였다.

"그렇습니다."

민수림은 진지하게 말했다.

"우리 편은 이백여 명이 죽었지만 검황천문은 우호법 이하 팔백여 명이 죽었어요. 우리의 네 배 수준이에요. 그러니까 우리가 이긴 거예요."

"그렇지만……."

슥!

민수림이 맞은편에 앉은 진검룡의 손을 잡고 부드러운 목소리로 말했다.

"일대일 싸움이라면 모르지만 다수와 다수의 싸움에서 우리 편이 한 명도 죽지 않는 일은 결코 일어날 수가 없어요. 영단강전투처럼 우리가 이백 명 죽고 저쪽이 팔백 명 죽었다면 우리의 대승이에요."

민수림의 말이 맞다고 생각하면서도 진검룡은 승복하고 싶지가 않았다.

그는 수하들이 이백여 명이나 죽었다는 사실이 너무도 안타까운 것이다.

지금도 그것만 생각하면 돌아버릴 것만 같다. 그렇지만 돌이킬 수 없는 일이다.

"싸움에서 우리 편을 한 명도 죽이지 않는 방법이 하나 있기는 해요."

진검룡은 귀가 솔깃했다.

"그게 뭡니까?"

민수림은 나직한 목소리로 간단하게 말했다.

"검룡이 영웅문을 해체하고 앞으로 가족들과 평범하게 사는 거예요."

"그건……."

진검룡 얼굴이 씁쓸하게 변했다.

"그러기에는 너무 많이, 그리고 깊이 들어왔습니다."

민수림은 잡고 있던 진검룡의 손을 놓고 허리를 폈다.

"욕심이에요. 욕심을 버리면 모든 게 편해져요. 영웅문을 해체하면 수하들을 죽이지 않아도 되고 검룡이 괴로워할 이유가 없어요. 양수집병(兩手執餠)이에요."

"양수… 그게 뭡니까?"

공부를 부지런히 해서 이놈의 무식함을 떼어내야 하는데 그럴 시간이 없다.

"양손의 떡이라는 뜻이에요. 어느 것 하나 버리기는 아깝고 쥐고 있자니까 부담스러운 거죠."

양수집병이라는 것이 자신의 처지하고 똑 닮아서 진검룡은 얼굴을 찌푸렸다. 그가 영웅문을 세우려고 했을 때는 희망, 아니, 야망이 있었다.

굉장한 무공을 익혔으므로 그것을 썩히기가 싫어 무림에서 발휘하여 영웅의 길을 가고 싶었다.

그 첫걸음이 도탄에 빠져서 허덕이고 있는 항주를 검황천문으로부터 구하는 일이었다.

진검룡이 무공을 배우고 나서 최초로 하게 된 일이 어려움에 처한 항주성민들을 구하는 일이었는데 그것은 누가 보기에도 그렇고 누구에게 말하기에도 얼마나 그럴싸하고 멋진 일이라는 말인가.

그래서 그는 힘차게 비웅보와 오룡방을 차례로 응징했으며, 필요에 의해서 일사천리로 영웅문을 개파해서 항주무림을 하나로 일통시키기에 이르렀다.

그러고는 진검룡 자신과 민수림이 각각 영웅문의 문주와 태상문주가 되었다.

민수림을 태상문주 자리에 앉힌 사람은 진검룡이다. 그

녀는 그런 자리를 원한 적이 없다.

그때는 검황천문과 싸우게 되면 어떤 희생이 따를 것이라고 막연하게 추측하는 정도였는데 막상 자신의 눈앞에서 수하가 이백여 명이나 죽어 자빠지자 진검룡은 머릿속이 황폐해져 버린 것이다.

하긴 이 문제를 지금 민수림의 말을 듣고 나서 갈등하는 것이 아니다.

영단강전투가 끝나고 나서 영웅문으로 돌아오는 동안, 그리고 영웅문에 돌아와 보름 동안 술을 마시는 내내 그 문제에 대해서 머리에 쥐가 날 정도로 고심을 거듭했었다.

그러고는 결정을 내렸다.

상황이 어떻게 되든 간에 이미 쏘아낸 화살이므로 절대 되돌릴 수 없다는 것이다.

"욕심이 아닙니다."

진검룡이 목이 꽉 잠긴 목소리로 말하자 민수림은 잠자코 그를 바라보기만 했다.

진검룡은 어차피 자신이 결정을 내려야 한다는 사실을 잘 알고 있다.

어떻게 됐든 그가 영웅문이라는 거대한 수레를 끌고 가야 측근들과 수하들이 뒤에서 밀고 그 뒤를 항주의 백성들이 뒤따른다는 사실을 잘 알고 있다.

진검룡은 마른침을 꿀꺽 삼켰다.

"물러서지 않겠습니다."

민수림은 여전히 아무 말도 하지 않고 진검룡을 바라보기만 했다.

그렇지만 그녀는 이미 살포시 머금고 있는 미소와 다정한 눈빛으로 그에게 무한한 신뢰를 보내고 있다.

그리고 진검룡은 그녀에게서 한 가지를 더 발견했다.

그녀의 눈 깊은 곳에서 맑은 샘물처럼 퐁퐁 솟구치고 있는 것은 분명히 사랑이다.

민수림은 진검룡이 물러서지 않겠다고 해서 지금 같은 표정을 지은 것이 아니다.

그녀는 진검룡이 어떤 결정을 내리더라도 무조건 지지해 주는 사람이다.

한 남자를 진심으로 믿고 사랑하지 않는다면 그런 표정을 짓지 못할 것이다.

그녀가 눈으로 달콤하게 미소 지었다.

"생각 끝났어요?"

"그렇습니다."

진검룡이 일어서자 민수림도 따라 일어섰다.

민수림이 다가와서 그의 손을 잡으며 부드럽게 말했다.

"회의실에 갈 건가요?"

그녀가 손을 잡아주는 것은 어려운 결단을 내려준 것에 대한 작은 상이다.

진검룡이 기특하기도 하고 대견하기도 하기 때문이다.

진검룡은 그녀의 따스함에 여태까지의 긴장이 한겨울 꽁꽁 얼었던 얼음이 봄 햇살에 스르르 녹는 것처럼 스러지는 것을 느꼈다.

"할 일이 있습니다."

그가 멈추자 민수림이 그를 향해 돌아섰다.

"뭐죠?"

진검룡은 지금 상항이 민수림을 한번 어떻게 해볼 수 있는 절호의 기회라고 판단했다.

방금 전까지 화강암처럼 단단한 긴장 속에 꽁꽁 갇혀 있다가 풀려났으므로 지금 그가 민수림에게 은근슬쩍 흑심을 드러낸다고 해서 별 탈은 없을 것이라는 게 그의 단순한 생각이다.

슥…….

"수림, 고맙습니다."

그는 팔로 민수림의 허리를 안으면서 몸의 앞부분을 슬며시 밀착시켰다.

"……!"

"......!"

그 순간 두 사람은 똑같이 움찔 놀랐다.

서로의 몸 아랫 부위가 맞닿은 것을 생생하게 느꼈기 때문이다.

민수림은 뻣뻣하게 굳어버렸으며 진검룡은 놀라서 뒤로 한 걸음 물러섰다.

그러나 그의 팔이 민수림의 허리를 감고 있기 때문에 그가 물러났다고 해도 그녀의 몸 앞면이 밀착된 상태에서 자연히 그를 따라왔다.

민수림은 얼굴이 빨개져서 이마를 그의 가슴에 대고 아무 말도 하지 못했다.

기억을 잃은 그녀는 이성에 대해서 전혀 모르지만 진검룡이 왜 이러는지는 짐작할 수 있다.

그동안 그와의 경험, 아니, 일방적으로 당한 과거지사가 있기 때문이다.

진검룡이 오랜 방황에서 이제야 제자리를 찾았기 때문에 그녀는 상을 준다는 의미로 그가 자신에게 조금 집적거려도 참아주기로 했다.

진검룡은 예상하지 않았던 하체의 밀착에 이어서 자신이 한 걸음 물러섰는데도 불구하고 민수림이 여전히 하체를 밀착시킨 채 같이 따라오자 눈이 뒤집혔다.

자신이 허리를 안고 있기 때문에 그녀가 따라올 수밖에

없다는 사실을 알지 못했다.

그저 민수림이 이참에 아예 모든 것을 다 허용한 것이라고 눈부신 착각을 한 것이다.

"수림……."

그는 두 손으로 그녀의 허리와 뒷머리를 안으면서 거침없이 입맞춤을 했다.

딱!

"악!"

"억!"

그런데 참사가 벌어졌다.

진검룡이 급하게 덤비다가 두 사람의 이가 강하게 부딪치고 만 것이다.

다음 순간 진검룡은 복부 한복판에 철퇴가 꽂히는 듯한 묵직한 통증을 느꼈다.

뿌악!

"꾸액!"

민수림의 주먹이 그의 복부에 꽂힌 것이다.

"죽지 않는 고수를 만들어라."

진검룡의 첫마디에 회의실 안은 무거운 침묵에 잠겼다.

회의실 중앙에 놓인 긴 탁자 상석에 진검룡과 민수림이

나란히 앉았고, 좌우에 서로 마주 보는 자세로 총무전주 유려, 풍건, 한림을 비롯한 외문팔당과 내문사당 당주들이 꼿꼿한 자세로 앉아 있다.

중인들은 방금 진검룡이 밑도 끝도 없이 불쑥 말했지만 그게 무슨 뜻인지 이해했다.

영단강전투에서 영웅고수 이백여 명이 죽은 것에 큰 충격을 받은 진검룡이 두 번 다시 그런 일이 일어나지 않도록 하자는 의미에서 하는 말이다.

하지만 중인은 어떤 방법으로 죽지 않는 고수를 만들어야 할지에 대해서는 전혀 알지 못했다.

그냥 각자 알아서 하라는 것인지 아니면 진검룡이 무슨 특단의 계획을 내놓을 것인지 알 수가 없다.

모두들 긴장이 극에 달해서 숨소리조차 내지 않고 진검룡만 뚫어지게 주시했다.

진검룡은 모두를 둘러본 후에 착 가라앉은 목소리로 입을 열었다.

"태상문주께서 새로운 무공을 주실 것이다. 그것을 모두에게 죽기 살기로 연마시켜라."

모두 움찔 놀라서 민수림을 쳐다보았다.

중인들은 그녀가 영웅호위대에게 소림사의 백보신권과 무당파의 태청검법, 그리고 대주와 부대주들에게는 따로 상승의 절학을 전수했다는 사실을 잘 알고 있다.

영웅호위대가 새로운 무공을 연마하기 시작한 지 이제 두 달 정도밖에 지나지 않았지만 영웅문 사람들은 아주 가끔씩 만나는 영웅호위대 호위고수들에게서 크게 두 가지 사실을 느낄 수가 있었다.

하나는 영웅호위대 호위고수들의 모습을 평상시에 코빼기도 볼 수 없다는 것이다.

새로 영웅호위대에 편입한 위융의 제오부대 열한 명을 포함하여 도합 오십오 명이면 결코 적은 수가 아닌데도 영웅문 내에서 그들의 모습을 보기란 하늘의 별을 따는 것보다도 어려운 일이다.

영웅문 내의 가장 한복판에 쌍영웅각이 있고 바로 옆에 영웅호위대 전각인 영호전(英護殿)이 있다.

그러므로 문파 사람들의 왕래가 가장 빈번한 곳인데도 불구하고 영웅호위대 호위고수들의 모습은 하루 종일 어느 누구도 일절 발견하지 못한다.

왜냐하면 영웅호위대 오십오 명이 전부 영호전 내에서 기거하면서 꼼짝도 하지 않기 때문이다.

영호전은 정(丁)자형으로 지어진 이 층이며 오른쪽에서 쌍영웅각을 감싸고 있는 형상이다.

영호전 내에는 실내연무실과 연공실, 수련실이 있으며 큰 주방과 식당, 휴게실, 그리고 삼십여 칸의 방이 있다.

호위고수들은 진검룡의 특명으로 민수림이 백보신권과 태청검법, 그리고 대주와 부대주들에게 쾌풍검법을 전수한 이후부터 무공연마를 하기 위하여 영호전에서 거의 살다시피 하고 있는 중이다.

第七十章

십반병기술(十班兵器術)

호위고수들의 집은 모두 영웅사문에 있으며 혼자 살지 않고 가족들과 함께 살고 있다.

그들은 대주의 명령에 의해서 가족들을 남김없이 영웅사문으로 이주시켰다.

그래야지만 가족을 돌보느라 임무에 소홀하지 않을 것이기 때문이다.

그들은 이른 새벽에 잠에서 깨어 자정이 넘도록 무공연마와 운공조식을 거듭하다가 영호전 내의 숙소에서 두어 시진 잠을 자고는 다시 이른 새벽에 잠에서 깨어나 무공연마를 거듭하는 생활을 벌써 두 달 넘게 이어오고 있다.

호위고수들은 며칠에 한 번씩 집에 다녀오기는 하는데 그것도 순번을 정해서 하루에 열 명 남짓 자정이 훨씬 넘은 시각에 겨우 두어 시진 정도 다녀오기 때문에 영웅문 사람들 눈에 띄지 않는 것이 당연하다.

집에 가지 말라고 대주가 억압하는 것이 아닌데도 호위고수들 스스로 자제하고 있는 것이다.

그 이유는 순전히 무공연마 할 시간을 뺏기는 것이 아까워서 자발적으로 집에 가지 않는 것인데 그 정도로 무공연마에 열성을 쏟고 있다.

영웅호위대가 새로운 무공을 배우기 시작한 이후 영웅문 사람들이 그들에게서 느끼는 두 번째는 위압감이다.

아주 간혹 업무 때문에 영웅문 사람이 영웅호위대 호위고수를 만날 때가 있는데 그때 호위고수에게서 뿜어지는 기도라는 것이 그야말로 굉장했다.

호위고수가 일부러 뻐기려고 그러는 것이 아닌데도 두 눈에서는 살기가 줄줄이 흘러나오고 전신에서는 함부로 범접하기 어려운 위압감이 눈에 보이지 않는 호신막처럼 두껍게 둘러쳐져 있다는 것이다.

그래서 영웅문 사람들은 호위고수들이 새로운 무공을 배우고 나서부터 정신과 체질, 무공 실력 등이 크게 진전

했다는 사실을 알게 되었다.

도대체 어떤 무공이기에 얼마 전까지만 해도 영웅문 사람들과 별반 차이가 없었던 호위고수들이 불과 두어 달만에 저렇게 완전히 바뀔 수가 있는 것인지 모두 촉각을 곤두세우고 영호전만 눈이 빠지게 주시하고 있는 중이란다.

그런데 조금 전에 진검룡이 말하기를 영웅문 사람들에게 새로운 무공을 가르치겠다고 했으니 중인들이 크게 놀라고 흥분하는 것은 당연했다.

모르긴 해도 민수림이 영웅호위대에게 가르쳤던 그런 종류의 무공일 것이기 때문이다.

풍건이 진검룡을 바라보며 조심스럽게 물었다.

"주군, 모두에게 새로운 무공을 가르치겠다고 말씀하셨는데 모두라면 어디부터 어디까지를 말씀하시는 것입니까?"

"영웅문 사람이면서 배우기를 원하는 사람이라면 어느 누구라도 가르치겠다."

"아······."

"하인이나 하녀, 숙수라고 해도 영웅문에 적을 두고 있는 사람이며 무공을 배우기 원한다면 그들도 배울 수 있도록 제도를 만들 것이다."

"아······."

중인들은 진검룡의 결심이 대단하다는 사실을 깨닫고 감탄을 터뜨렸다.

이번에는 비응당주 부풍림이 공손하게 물었다.

"주군, 영웅호위대가 연마하고 있는 무공을 배우게 되는 것입니까? 그렇다면 어떤 방식으로 배웁니까?"

진검룡이 민수림을 쳐다보자 그녀가 차분하게 가라앉은 목소리로 대답했다.

"십반병기술(十班兵器術)과 백타(白打), 진법(陣法), 경공술을 가르칠 것이다."

사실 영웅문 사람 모두에게 새로운 무공을 가르친다는 것은 진검룡 혼자만의 생각이었지 민수림에게는 일언반구 의논하지 않았었다.

아까 이곳에 오기 전에 진검룡이 민수림에게 의논을 하려고 했으나 그녀가 그럴 필요 없이 그가 계획한 바를 그냥 밀고 나가라고 말했었다.

그랬는데 과연 그녀는 마치 오래전부터 준비해 놓은 것처럼 거침없이 대답을 했다.

중인들은 크게 놀란 표정으로 민수림을 바라보았다.

민수림의 말은 그들이 상상했던 것 그 이상이었다.

십반병기술이라면 열 가지 병기를 다루는 기술 혹은 재주를 가리킨다.

그것만으로도 굉장한데 백타 즉, 맨손 무술과 진법, 경공술까지 가르친다고 했다.

모르긴 해도 민수림이 망라한 종류면 무공의 전부라고 할 수 있을 터이다.

무공이라는 것이 구체적으로 세분하면 종류가 수백 가지에 달하지만 사실 다 뭉뚱그려서 묶어놓으면 조금 전에 민수림이 열거한 그 정도가 무공의 전부다.

그 이상도 이하도 아니다.

그 정도만 완벽하게 터득한 다음에 무림에 나가게 된다면 어느 누구라도 절정고수 소리를 들을 수 있을 것이다.

문제는 과연 민수림이 조금 전에 말한 십반병기술과 백타, 진법, 경공술 등이 얼마나 완벽하며 또 그것을 얼마나 제대로 가르치느냐는 것이 관건이다.

그러나 지금까지 풍건을 비롯한 간부급들이 지켜본 바에 의하면 민수림은 백무일실, 백 가지 일을 해도 단 하나의 실수가 없는 완벽한 사람이었다.

민수림이 영웅호위대 오십오 명에게 백보신권과 태청검법을 가르쳤으며 대주와 부대주들에게는 따로 쾌풍검법을 전수했는데 그들 전부가 불과 두어 달 만에 완전히 다른 사람들로 탈바꿈해 버린 것을 보지 않았는가.

그들의 무공이 얼마나 고강해졌는지는 구체적으로 알 수 없는 일이지만 대충 표면적으로만 봐도 어느 정도 짐작할 수 있을 것 같다.

이 자리에 있는 간부급들은 잠시 동안 민수림의 능력에 대해서 의구심을 품었지만 그녀가 어떤 사람인지 생각해 보고는 의구심을 말끔하게 날려 버렸다.

지금 상황에 가장 중요한 것은 그 굉장한 무공을 언제부터 어떤 식으로 가르치느냐는 것이다.

당연한 일이지만 간부급들은 진검룡보다 민수림을 훨씬 더 어려워하고 있다.

간부급들은 잘 알고 있다. 민수림이 미소와 부드러운 언행으로 대하는 사람은 천하에서 진검룡과 가족밖에 없다는 사실을 말이다.

영웅문 사람들은 민수림이 천하제일의 절세미녀라는 사실에는 티끌만큼도 의구심을 품지 않는다.

하지만 '그녀가 과연 여자다운 구석이 있을까'라는 데에는 상당히 회의적이다.

중인들은 민수림이 언제부터 그 굉장한 무공을 가르쳐 줄 수 있을지 몹시 궁금했다.

그래도 실내에서 진검룡을 제외하면 민수림에게 직접 질문을 할 수 있는 사람은 풍건뿐이다.

물론 풍건이라고 해도 질문을 하려면 상당한 용기가 필요하지만 말이다.

"주모님."

풍건이 등줄기에 식은땀을 흘리면서 민수림을 보며 최대한 공손한 목소리를 냈다.

민수림이 말없이 쳐다보면서 말하라는 듯 갸름한 턱을 살짝 치켜들자 시선이 마주친 풍건이 급히 고개를 숙이면서 눈을 내리깔았다.

"언… 제부터 새로운 무공을 하교해 주실 겁니까?"

"지금 당장."

민수림은 중인들의 반응을 기다리지 않고 진검룡의 팔을 잡고 발딱 일어나 입구로 향했다.

"가요."

진검룡은 다른 무엇보다도 민수림이 자신의 팔을 잡아주었다는 사실이 미칠 것처럼 좋았다.

그런데 그는 항상 똑같은 실수를 저질렀다가 된통 당하면서도 그게 고쳐지지 않는다.

민수림이 팔을 잡아주는 바람에 무서운 게 없어진 그는 슬쩍 팔로 그녀의 허리를 감으면서 콧구멍을 벌름거렸다.

'흐흐… 이 정도야 뭐……'

[죽고 싶어요? 팔 안 치워요?]

진검룡은 잽싸게 팔을 치웠다.

'음… 안 되는구나……'

영웅문에서 가장 큰 실내 연무장에 진검룡과 민수림을 비롯한 간부급들이 모였다.

아까 쌍영웅각 회의실에 오지 않았던 영웅호위대주 옥소와 다섯 명의 부대주들도 참가했다.

민수림이 실내 연무장으로 온 이유는 여기에 여러 종류의 무기들이 두루 구비되어 있어서 십반병기술을 펼쳐 보일 수 있기 때문이다.

외문팔당의 당주 여덟 명과 내문사당의 당주 네 명 총무전 우두머리인 총무장, 영웅호위대 주와 다섯 명의 부대주들 도합 십구 명은 한쪽에 벽을 등지고 반원형으로 늘어서 있는데 그들의 시선은 민수림에게 집중되어 있다.

민수림이 너무나 엄청난 얘기를 했기 때문에 과연 어떤 시범을 보여줄 것인지 몹시 궁금했다.

민수림의 시선은 한쪽 벽면으로 향했다. 그곳 벽면에는 각종 무기들이 진열되어 있다.

그녀는 천천히 걸어가서 벽에서 한 자루 창을 잡았다.

약 여덟 자 길이의 중간 길이 단단한 박달나무 대에 강철의 촉을 지녔으며 그냥 평범한 창이다.

슥!

그녀는 창을 오른손으로 잡아서 세로로 세우고 실내

중앙으로 걸어가면서 간부급들을 쳐다보았다.

"외문팔당 당주들, 모두 나오세요."

외문팔당 여덟 명의 당주들은 움찔하더니 의아한 표정으로 서로의 얼굴을 쳐다보았다.

민수림이 뜬금없이 자신들 여덟 명을 나오라고 할 이유가 없기 때문이다.

그들은 설마 민수림이 자신들 여덟 명 모두에게 합공으로 덤비라고 할 줄은 꿈에도 상상하지 못했다.

민수림은 그들 여덟 명이 생각할 시간을 주지 않고 턱으로 무기 진열대를 가리켰다.

"각자 자신 있는 무기를 골라서 합공으로 덤벼요. 어떤 방법이라도 상관없어요."

"……"

풍건과 훈용강을 비롯한 여덟 명은 기가 차서 아무 말도 하지 못하고 눈을 껌뻑거리면서 그녀를 바라보기만 했다.

민수림은 그들이 겁먹은 것으로 오해했다.

"이건 싸움이 아니라서 당신들을 다치게 하지 않을 테니까 겁먹지 말아요."

여덟 명의 당주들은 어이없는 표정을 지었다.

민수림이 아무리 절정고수라고 해도 이런 한정된 좁은 공간에서 그것도 일류고수 이상의 실력을 지닌 당주 여덟 명의 합공을 받는다는 것은 위험천만한 일이다.

그런데도 민수림은 이것은 싸움이 아니라서 여덟 명을 죽이지 않을 테니까 겁먹지 말라고 말하니 당주들은 기가 차서 말문이 막혔다.

여덟 명이 우물쭈물하는 모습을 보고 민수림이 예의 차가운 얼굴로 명령했다.

"즉시 무기를 갖고 덤벼요."

"태상문주⋯⋯."

"어찌 저희들이 감히⋯⋯."

민수림은 오도카니 서서 차갑게 말했다.

"나더러 무기를 지니지 않은 상대를 공격하라는 건가요?"

여덟 명이 어쩔 수 없다는 듯 무기를 고르러 걸어가는 광경을 보며 민수림이 말했다.

"한 가지 약속을 하죠. 내 옷자락이라도 건드리는 사람에게 큰 상을 주겠어요."

잠자코 있던 훈용강이 눈을 빛내며 물었다.

"무슨 상을 주시겠습니까?"

외문팔당에서도 과묵하기로 소문난 훈용강이 입을 연 이유가 따로 있다.

"모든 소원을 들어주겠다."

훈용강은 욕심이 있다.

그는 흥분하면 입술 끝이 올라간다.

"최강의 절학을 주십시오."

민수림의 눈빛이 날카로워졌다.

"내가 최강의 절학을 네게 주면 익히지 못할 텐데도 달라는 말이냐?"

민수림은 영웅문의 어느 누구에게도 개인적으로 대할 때는 하대를 한다.

더구나 훈용강은 그녀에게 까불다가 된통 당했던 경험이 있었던 터라 더했다.

"익힐지 익히지 못할지는 해봐야 알지 않겠습니까?"

민수림은 단호하게 잘랐다.

"못 한다."

"어째서 그렇습니까?"

"너는 내 옷자락을 건드리지 못할 것이기 때문이다."

훈용강은 민수림을 존경하고 두려워하지만 그렇다고 자신의 잠재된 성질까지 짓밟을 정도는 아니다.

"주모의 몸을 건드릴 수도 있습니다."

"네놈이!"

민수림이 훈용강을 향해 느릿하게 손을 뻗자 그는 움찔하면서 급히 뒤로 미끄러지듯이 다섯 걸음 정도 물러나 안전지대로 피했다.

그러나 훈용강은 갑자기 강철 고리가 자신의 목을 세게

조르는 충격을 맛보았다.

"끅……."

보통 사람들보다 머리 하나가 더 크고 체구가 절반 이
상 우람한 훈용강의 몸이 흡사 지푸라기처럼 가볍게 두둥
실 허공으로 떠올랐다.

"끄으으……."

그는 고통으로 일그러진 얼굴에 두 손으로 목을 움켜잡
은 채 두 다리를 버둥거리는데 몸은 점점 위로 떠올라 바
닥에서 다섯 자 높이가 되었다.

간부급 십팔 명은 그 광경을 보고 혼비백산하고 말았
다. 그들 중에서 지금껏 살아오면서 이런 엄청난 광경을
본 사람은 아무도 없다.

민수림과 훈용강의 거리는 열 걸음 이 장이나 된다.

그런데 민수림이 단지 손을 뻗는 것만으로 그를 제압하
여 허공 높이 띄워 버린 것이다.

중인들은 지금 자신들이 눈으로 보고 있는 광경이 소문
으로만 들은 적이 있는 전설의 허공섭물(虛空攝物)이라는
사실을 어렴풋이 기억해 냈다.

*   *   *

그들이 들은 바에 의하면 당금 무림에서 살아 있는 전

설이라고 불리는 소림사의 신승 혜각선사와 무당파의 전
대 장문인 현우자 정도가 일 장 거리에 있는 찻잔을 끌어
당기는 허공섭물을 전개한다고 했다.

그리고 천하제일인을 논하는 우내십절이 허공섭물 수법
으로 몇 장 밖의 거석을 부수거나 거목을 뿌리째 뽑을 수
있다고 뜬소문처럼 들은 적이 있다.

소문이 사실이라면 지금 중인들이 눈으로 보고 있
는 이 광경이야말로 우내십절의 그것과 다르지 않겠는
가.

그렇다는 것은 민수림이 우내십절이거나 그들과 동급의
무위를 지녔다는 뜻이다.

지금 중인들은 모두 같은 생각을 하고 있다. 그들은 우
내십절의 별호 열 개를 알고 있지만 그들 각자에 대해서
는 별로 알려진 바가 없기에 민수림이 우내십절일지 아닐
지 가늠조차 하지 못한다.

실내의 모든 사람들이 대경실색하여 훈용강을 쳐다보
고 있는데 오로지 한 사람, 진검룡만이 뒷짐을 지고 흐뭇
한 미소를 지으며 고개를 끄떡였다.

그의 얼굴에는 '거봐라. 수림에게 까불면 혼난다니까?'
하는 느긋함이 떠올라 있다.

그저 민수림이 뭐만 하면 마냥 좋은 진검룡이다.

그때 민수림은 아예 허공에 떠 있는 훈용강을 향해 뻗

었던 팔을 내려 버렸다.

중인들은 훈용강이 바닥에 떨어질 것이라고 예상했는데 그는 여전히 허공에 떠 있으며 목이 졸린 듯 캑캑거리면서 얼굴이 새빨개졌다. 그대로 몇 호흡만 놔두면 죽을 것 같다.

"아아……."

"저럴 수가……."

지켜보는 십팔 명 중 누군가의 입에서 탄식 같은 중얼거림이 흘러나왔다.

지금 민수림이 발휘하고 있는 것은 물체를 향해 손을 뻗지 않고서도 마음먹은 대로 물체를 좌지우지한다는 이심제공(理心制功)이라는 초절기학이다.

이심제공은 말 그대로 마음으로 공력을 다스리는 무학의 최고 높은 경지다.

기억을 잃은 민수림은 이심제공이라는 수법의 이름을 모르지만 허공섭물을 전개하다가 자연스럽게 이심제공의 단계로 넘어간 것이다.

하지만 중인들은 그런 수법을 무엇이라고 부르는지조차도 알지 못했다.

그들이 알고 있는 이런 무공의 상식의 최고 한계가 허공섭물이기 때문이다.

민수림이 뒷짐을 지더니 진검룡 옆으로 천천히 걸어가

면서 아예 훈용강에게서 시선까지 거두고 조용히 말했다.

"아직도 네놈이 내 몸에 손을 댈 수 있다고 생각하느냐?"

"끄으윽… 아… 아닙니다…….."

진검룡이 발로 바닥을 쿵! 하고 세게 구르며 호통쳤다.

"이놈아! 태상문주 몸에 아무나 손을 대는 것이 아니다! 알아들었느냐?"

그 말인즉 나 진검룡 혼자만 민수림 몸에 손을 댈 수 있다는 뜻이다.

그 말을 민수림이나 중인들이 알아듣지 못할 리 없다. 하지만 상황이 상황인 터라 아무도 웃지 못했다.

다만 민수림이 진검룡을 보면서 살짝 눈을 흘겼을 뿐이다.

민수림 바보인 진검룡은 그녀의 눈 흘김에 오금이 저릴 정도의 쾌감을 맛보았다.

'아흐흑……!'

이윽고 훈용강이 느릿하게 하강하더니 두 발이 바닥에 사뿐히 내려졌다.

그는 그대로 바닥에 무릎을 꿇더니 목을 움켜잡고 격렬하게 기침을 해댔다.

"콜록! 콜록! 컥컥컥!"

민수림은 넋을 잃고 서 있는 여덟 명의 당주들을 조용한 목소리로 꾸짖었다.

"아직도 무기를 고르지 않았나요?"

"아앗!"

"죄, 죄송합니다……!"

그러자 당주들이 소스라치게 놀라서 우르르 무기 진열대 앞으로 달려들다가 서로 몸이 부딪쳐서 뒤뚱거리는 우스꽝스러운 광경을 연출했다.

그 광경을 보면서 선택받지 않은 열한 명은 내심 안도의 한숨을 토해냈다.

조금 전까지만 해도 그들은 민수림이 여덟 명의 당주들 합공을 당해내지 못할 것이라고 여겼었는데 지금은 반대로 당주들이 혼쭐날 것이라는 생각이 들었다.

제각각의 무기를 움켜쥔 여덟 명의 당주들이 실내 한가운데 서 있는 민수림을 둥글게 포위하고 있다.

풍건을 비롯한 여덟 명은 감히 공격할 엄두를 내지 못하고 땀만 뻘뻘 흘렸다.

아까 훈용강이 껄떡거리다가 민수림에게 호되게 혼나는 꼴을 봤기 때문이다.

이곳에 있는 간부급들 중에서 예전에 민수림의 실력을

본 사람도 있고 보지 못한 사람도 있다.

그렇지만 본 사람이라고 해도 그녀의 진짜 실력을 본 것이 아니었다.

조금 전에 그녀가 허공섭물보다 훨씬 더 상승의 신기를 보여준 것에 비하면 예전에 봤던 무공은 새 발의 피였다.

그녀의 실력의 끝은 어디까지인지 모를 일이다.

여덟 당주들의 두려운 마음을 아는지 민수림이 조용한 목소리로 말했다.

"강기를 사용하지 않고 순전히 창으로만 상대할 테니까 두려워하지 말아요."

그 말에 여덟 당주들의 표정이 조금 누그러졌지만 두려움이 완전히 사라진 것은 아니다.

절정고수나 초극고수들이 무서운 것은 그들이 발출하는 어마어마한 강기 때문이다.

그런데 민수림이 강기 따위를 일절 사용하지 않고 순전히 창으로만 상대한다면 여덟 당주에게도 조금쯤 희망이 보인다.

물론 민수림의 옷자락을 건드린다는 얼토당토않은 꿈은 꾸지 않는다.

그저 그녀의 창술 시범이 끝날 때까지 많이 얻어터지지 않기만을 바랄 뿐이다.

여덟 명의 당주들은 일곱 명이 검을, 그리고 두 명이 도를 선택했다.

민수림이 짧게 명령했다.

"공격해요."

순간 여덟 당주는 포위지세를 이룬 상태에서 복판의 민수림을 향해 일제히 합공을 개시했다.

쉬이익!

쐐애액!

여덟 자루의 도검이 허공을 가르는 날카로운 파공음이 실내를 쌩쌩하게 울렸다.

여덟 명의 당주들은 한때 한 지역에서 쟁쟁한 명성을 떨치던 중급의 방파나 문파를 이끌던 수장이었으므로 일류고수 상급에 속하는 실력의 소유자들이다.

이들 중에서 가장 고강한 훈용강의 공력이 무려 백팔십 년이고 여덟 명의 평균은 백이십 년 수준이다.

포위한 여덟 명과 민수림의 거리는 다섯 걸음 일 장 반 정도인데 여덟 명이 일제히 번개같이 몸을 던지듯이 날리면서 도검을 휘두르고 있으므로 누가 봐도 민수림의 온몸이 벌집이 될 게 분명하다.

그런데 놀라운 일은 민수림이 오른손으로 창을 세로로 세워서 쥔 채 그 자리에서 움직이지 않고 있다는 사실이다.

그것은 마치 자신을 합공하고 있는 여덟 자루 도검을 보지 못한 것 같은 행동이다.

지켜보고 있는 사람들은 눈을 부릅뜨며 당장 멈추라고 악을 쓸 것 같은 모습이다.

오죽하면 민수림의 실력을 잘 알고 있는 진검룡마저 몹시 긴장하여 뛰쳐 들면서 순정강이라도 발출할 것 같은 자세를 취하고 있다.

그 순간 여덟 자루 도검의 파공음과는 많이 다른 독특한 한 줄기 날카로운 파공음이 울렸다.

쉐앵!

딱! 딱!

"윽!"

"컥!"

두 명의 당주가 비틀거리면서 뒤로 물러섰다.

지켜보는 사람들은 어떻게 된 상황인지 알지 못했다.

민수림은 여전히 그 자리에 움직이지 않고 서 있는데 갑자기 손록과 고범이 신음을 터뜨리며 비틀거리면서 뒤로 물러나고 있는 것이다.

그러나 진검룡은 손록과 고범을 등지고 서 있는 민수림이 자신의 오른쪽 겨드랑이 아래로 뒤를 향해 불쑥 창을 쏘아내는 것을 똑똑히 봤다.

그것도 창의 날 쪽이 아니라 창 손잡이 막대 끝이며 손록과 고범 사이를 스치고 지나갔다.

그래서 진검룡은 창끝이 두 사람을 빗나갔다고 여겼는데 그게 아니다.

두 사람 옆구리 사이를 스치고 지나갔던 창끝이 번개같이 양쪽으로 곡선을 그으며 휘어지면서 그들의 옆구리와 등짝을 한꺼번에 후려친 것이다.

그 상황이 워낙 빠르게 전개되었기에 진검룡 외에 다른 사람들은 보지 못한 것이다.

민수림은 여전히 제자리에 서 있으며 여섯 자루의 도검이 그녀의 두 자 거리까지 쇄도하고 있는 중이다.

공격하고 있는 여섯 당주들은 손록과 고범이 창대에 맞았다는 사실을 아직 모르고 있다. 공격하는 데 온정신을 집중하고 있기 때문이다.

쐐애애액!

여섯 자루 도검의 파공음이 고막을 찢을 것 같다.

공격하는 여섯 명에 가려서 민수림의 모습은 보이지 않았지만 모든 것을 압도하는 듯한 한 줄기 파공음이 실내를 쩽하게 울렸다.

. 짜아악!

"악!"

"끄악!"

"왁!"

마치 잔잔한 수면에 묵직한 물체가 팡! 하고 떨어져서 물이 사방으로 튄 것처럼 여섯 명이 지푸라기처럼 사방으로 확 날아갔다.

쿠쿠쿠쿵!

그들은 일 장쯤 날아가서 바닥에 묵직하게 떨어지며 볼썽사납게 널브러졌다.

민수림은 처음부터 그 자리에서 움직이지 않은 것처럼 창을 세로로 세운 채 우뚝 서 있는 모습이다.

그녀가 조용한 목소리로 입을 열었다.

"방금 전개한 것은 십반병기술 중 창술이에요."

바닥에 널브러져 있는 사람들이나 둘러서 있는 사람들이 멍한 표정을 지을 뿐 말을 잃었다.

"내가 전개한 창술을 본 사람 있나요?"

도대체 뭘 봤다는 것인가?

그녀가 움직이는 걸 본 게 있어야 말을 하지.

그들이 본 것은 민수림이 우뚝 서 있고 여덟 명이 나가떨어지는 광경밖에 없었다.

꿀 먹은 벙어리처럼 다들 묵묵부답인데 조용한 목소리가 실내를 울렸다.

"봤습니다."

진검룡이다.

민수림의 입가에 방그레 미소가 걸렸다.

진검룡이라면 봤을 것이라는 믿음의 미소다.

중인들은 민수림이 오로지 진검룡에게만 미소를 짓고 또 사근사근한 목소리로 말하는 것을 보고 들으면서 민수림이 진검룡을 매우 사랑하고 있다는 느낌을 받았다.

민수림은 진검룡에게 걸어가며 쥐고 있는 창을 내밀었다.

"할 수 있겠어요?"

진검룡은 빙그레 미소 지었다.

"해보죠."

민수림은 그가 창을 받아 실내 중앙으로 걸어가는 것을 보면서 아직도 바닥에 주저앉아 있거나 비틀거리면서 일어나고 있는 여덟 명에게 말했다.

"얼른 일어나서 문주께서 재연하시는 것을 보도록 하세요."

그러자 여덟 명이 후다닥 일어나서 둥글게 늘어섰다.

사실 민수림은 여덟 명의 당주들을 단 한 대씩만 때렸으며 그저 몽둥이에 얻어맞은 정도의 충격만 가했으므로 그들은 전혀 다치지 않았다.

그들이 바닥에서 미적거리고 있었던 것은 아픔보다도 창피하고 부끄럽기 때문이었다.

진검룡은 민수림처럼 오른손으로 잡은 창을 세로로 세워서 쥔 채 잠시 눈을 감고 생각에 잠겼다. 민수림의 동작을 반추해 보는 것이다.

민수림을 제외한 모든 사람들은 반신반의하는 표정으로 진검룡을 주시하고 있다.

이윽고 진검룡이 눈을 뜨더니 조용히 입을 열었다.

"외문팔당주, 이리 와서 조금 전 방위에 서라."

여덟 명의 당주들은 움찔했다. 조금 전에 민수림에게 당했는데 이번에는 진검룡에게 당할 것을 생각하니까 벌써 진땀이 흘렀다.

훈용강과 풍건이 제일 먼저 성큼성큼 걸어가고 나머지가 뒤따라서 자리를 잡았다.

진검룡은 조금 전의 민수림처럼 손록과 고범을 등지고 서서 말했다.

"천천히 전개할 테니까 잘 봐라."

여덟 명의 당주는 물론이고 다른 사람들도 눈을 크게 뜨고 정신을 바짝 차렸다.

슥!

진검룡은 세로로 세웠던 창의 손잡이 쪽을 겨드랑이 아

래로 뒤를 향해 천천히 뻗었다.

"처음에 창끝을 손록과 고범을 향해 뻗었지."

손록과 고범은 자신들을 향해 느릿하게 다가오는 창끝을 보면서 씁쓸한 표정을 지었다.

아까 그들은 자신들을 향해 쏘아온 창끝을 본 적이 없었기 때문이다.

손록과 고범이 자신들의 옆구리 사이로 찔러오는 창끝을 보고 있는데 진검룡이 말했다.

"뭘 하느냐? 피하거나 반격해라."

두 사람은 창끝이 이렇게 느릿하게 찔러오는데 그게 무슨 소리냐는 표정을 지었다.

그 순간 두 사람의 옆구리를 완전히 통과한 창끝이 좌우로 휘어지면서 그들의 등짝을 짧고 강하게 가격했다.

타탁!

"억!"

"끅!"

손록과 고범은 진검룡의 경고를 듣고 피하려고 했다. 그리고 이렇게 느리게 찔러오는 창끝은 충분히 피할 수 있을 것이라고 믿었다.

그런데 결과는 황당했다.

두 사람은 양쪽으로 갈라져서 붕 날아갔다.

날아가면서 그들은 어떻게 그토록 느리게 찔러온 창이 자신들을, 그것도 뒤쪽인 등을 때릴 수 있었던 것인지 영문을 알 수가 없었다.

第七十一章

항주에 출현한 천군성 인물

진검룡은 창을 거두면서 조용히 말했다.

"세 번째는 태동화, 네 번째 부풍림, 다섯 번째 공손창의 순서로 공격한다."

호명된 세 사람이 화들짝 놀라서 재빨리 뒤로 물러서려고 하는데 진검룡이 선 자세에서 빙글 오른쪽으로 회전하면서 공손창을 향해 오른팔을 쑥 내밀며 창을 던졌다.

"으헛!"

자신이 세 명 중 마지막일 것이라고 생각하고 있던 공손창은 창이 자신을 향해 쏘아오자 화들짝 놀라 급히 상체를 뒤로 벌렁 젖히면서 피했다.

그러나 공손창을 향해 쏘아가던 창이 그를 그냥 지나치더니 부풍림의 얼굴 한복판을 찔러갔다.

"흐앗!"

공손창을 찌르는 줄 알았던 창이 자신의 얼굴로 찔러오자 부풍림이 혼비백산해서 옆으로 몸을 날려 피했다.

탁!

"큭!"

그러나 창은 최종적으로 태동화의 어깨를 창대로 짧게 후려치고는 방금 허공으로 몸을 날린 부풍림의 엉덩이를 때리는가 싶더니 뒤로 벌렁 상체를 젖힌 공손창의 허벅지를 옆에서 강타했다.

짜짝!

"욱!"

"아흑!"

설명은 길었지만, 그리고 창이 매우 느린 것 같았으나 진검룡이 예언했던 대로 태동화와 부풍림, 공손창의 순서대로 창에 얻어맞고 허공으로 날아갔다.

쉬잉!

그제야 중인들은 깨달았다. 이 창술의 특징은 육안으로만 느리게 보이는 것뿐이지 사실은 매우 빠르다는 사실을 말이다.

최후에 남은 풍건과 훈용강은 바짝 긴장해서 눈을 부릅뜬 채 진검룡을 노려보았다.

최초에 태동화가 나가떨어지고 방금 공손창이 허공으로 날려갈 때까지 걸린 시간은 눈 한 번 깜빡거리는 것의 반밖에 걸리지 않았다.

풍건과 훈용강은 진검룡이 오른쪽으로 회전하고 있으며 곧 자신들이 사정권에 들 것이기 때문에 극도로 긴장하여 피하거나 반격할 태세를 갖추었다.

그런데 진검룡의 움직임이 뭔가 이상하다고 여긴 순간 풍건과 훈용강의 왼쪽 옆구리와 왼쪽 어깨에 회초리에 맞은 듯한 따끔한 아픔이 전해졌다.

짜짝!

"앗!"

"으헛!"

풍건과 훈용강은 나란히 사이좋게 오른쪽으로 붕 날아가면서 앞서 당한 여섯 명과 똑같은 의문이 생겼다.

어째서 잔뜩 경계하고 있는 방향으로 공격을 당하지 않았느냐는 것과 창이 공격해 오는 속도를 도저히 가늠할 수가 없다는 사실이다.

진검룡은 사방 바닥에서 부스스 일어나고 있는 여덟 명의 당주들을 보면서 설명하듯 말했다.

"방금 내가 전개한 창술은 조금 전 태상문주 속도에 비하면 삼 성 수준이다."

여덟 명만이 아니라 다른 사람들도 그렇게 느꼈다. 진검룡의 동작은 매우 완만했었다.

풍건이 조심스럽게 물었다.

"그것은 어떤 창술입니까?"

진검룡은 거침없이 대답했다.

"극쾌창술(極快槍術)이다."

빠른 검법이나 도법을 쾌검, 쾌도라고 하는데 '극쾌'라는 말은 사용하지 않는다.

그런데 조금 전 창술을 '극쾌창술'이라고 했으니 도대체 얼마나 빠르다는 것인가.

그렇지만 여덟 명의 당주들은 실제로 겪어봤으며 다른 사람들은 눈으로 똑똑히 목격했다.

민수림이 전개한 창술은 워낙 빨라서 아예 육안으로 보지도 못했다.

그랬기에 그녀가 창을 쥔 채 그저 묵묵히 서 있는 것으로만 여겼었다.

그녀에 비해서 삼 성 수준의 빠르기라는 진검룡의 창술조차도 여덟 명의 당주들은 뻔히 보면서도 피하지 못했다.

이번에는 훈용강이 물었다.

"주군, 창이 빠르기 때문에 속하들이 피하지 못한 겁니까? 아니면 다른 이유가 있습니까?"

진검룡이 창끝으로 바닥을 툭툭 치며 말했다.

"내가 간파한 이 창술의 특징이 원래 두 가지였는데 하나는 극쾌함이고 또 하나가 방금 자네가 질문한 것에 대한 대답인 것 같아."

"말씀해 주십시오."

"상대로 하여금 방심을 하고 또 허점을 드러내게 하는 수법인 것 같다."

진검룡에게 직접 당한 여덟 명의 당주들은 골똘하게 생각에 잠기고 관전한 사람들은 잔뜩 미간을 좁힌 채 자신이 목격한 것을 반추했다.

제일 먼저 말문을 연 사람은 영웅호위대주 옥소다.

"팔당주가 모두 허를 찔린 것 같았어요."

훈용강이 옥소에게 따지듯이 날카롭게 물었다.

"주군의 공격을 봤다는 건가?"

외문팔당의 당주와 영웅호위대 대주의 신분 중에서 누가 높은지는 딱히 정해진 바가 없지만 훈용강은 옥소에게 거침없이 하대를 했다.

그럼에도 옥소는 전혀 주눅 들지 않고 꼿꼿한 자세로 당당하게 자신의 생각을 대답했다.

"우리들 중에서 주모님을 제외하고는 어느 누구도 주군

의 공격을 정확하게 보지 못했을 거예요."

옥소와 훈용강 등이 쳐다보자 민수림은 가볍게 고개를 끄떡여서 그렇다는 뜻을 보였다.

그토록 느릿하게 공격하는 것 같았는데도 결정적인 순간에는 아무도 진검룡의 공격을 못 봤다는 것이다.

아마 거기에 이 극쾌창술의 오묘함이 숨어 있을 터이고 옥소가 지금 그것에 대해서 말하고 있다.

훈용강이 옥소에게 물었다.

"그럼 무엇을 보고 주군께서 우리의 허를 찔렀다고 말하는 것인가?"

옥소는 늘어서 있는 여덟 명의 당주들을 하얗고 긴 손가락으로 죽 훑듯이 가리켰다.

"주군께서 공격하시는 것은 보지 못했지만 당신들이 얻어맞는 광경은 봤어요."

일곱 명의 당주들은 씁쓸한 표정을 지었고 훈용강은 옥소를 쏘아보았다.

하지만 옥소는 개의치 않고 또랑또랑하게 말을 이었다.

"당신들이 주군께 얻어터져서 날아가는 모습을 보면 창이 어느 쪽에서 날아와서 어느 부위를 어떻게 가격했는지 미루어 짐작할 수 있어요."

내전총관 한림과 내전사당 당주들, 그리고 영웅호위대 부대주들은 그녀의 말에 동의하듯 고개를 끄떡였다.

옥소는 훈용강을 보며 조용히 말했다.

"나는 주군께서 전개하신 극쾌창술의 공격 성향을 일부분 이해할 수 있어서 당신에게 재연할 수 있을 것 같은데 한번 피하거나 막아보겠어요?"

당돌한 주문이다.

오로지 진검룡과 민수림에게만 공손한 훈용강은 옥소를 쏘아보면서 차갑게 말했다.

"네가 극쾌창술을 이해했다는 말이냐?"

가소롭다는 뜻이다.

옥소는 지지 않고 맹랑하게 대답했다.

"극쾌창술의 일부분을 이해했다고 방금 전에 말했어요."

훈용강이 눈빛으로 옥소를 잡아먹을 것처럼 물었다.

"나도 공격할 수 있는 것이냐?"

"당신이 극쾌창술의 어떤 상황에 당했었는지 제대로 보고 싶지 않나요?"

훈용강은 미간을 좁혔다.

"어쩌라는 것이냐?"

"피해봐요. 피할 수 있으면,"

훈용강은 자신을 깔보는 듯한 옥소의 건방진 말투 때문에 더 차갑게 대꾸했다.

"피한 다음에 반격해도 되느냐?"

옥소는 당연하다는 듯한 표정으로 고개를 끄떡였다.

"하세요. 할 수 있으면,"

옥소는 훈용강 두 걸음 앞으로 다가가서 멈추었다.

"먼저 매우 느린 동작으로 공격을 시전해 보이면서 설명하도록 할게요."

그녀는 '매우 느린'이라는 말에 힘을 주었다.

훈용강은 두 팔을 늘어뜨리고 공력을 끌어올려서 언제라도 출수할 만반의 태세를 갖추고 고개를 끄떡였다.

"해라."

사람들은 두 사람 주위에 둘러서서 관심 있게 지켜보았고 진검룡과 민수림은 나란히 서서 빙그레 미소를 지었다.

옥소는 어깨에서 검을 뽑았다.

스릉!

검을 창 대신 삼으려는 것이다.

그녀는 오른손에 쥔 검을 앞으로 뻗은 자세에서 제자리에 선 채 오른쪽으로 천천히 회전하면서 설명했다.

"조금 전에 주군께서 이렇게 오른쪽으로 회전하면서 연검당주와 비응당주, 금성당주를 차례로 가격하셨어요."

그렇게 한 바퀴 돌면 옥소의 검이 자연히 훈용강의 오른쪽 어깨에 닿을 것이다.

옥소는 그 과정에서의 구체적인 설명을 생략하고 진검룡이 최후에 훈용강과 풍건을 공격했을 때 상황을 설명했다.

"주군께서 계속 회전하시면서 이렇게 당신들의 오른쪽으로 창을 휘둘러 가셨어요."

그 상황에서 훈용강과 풍건은 당연히 왼쪽으로 피하려고 다급하게 몸을 날렸었다.

그런데 진검룡이 회전을 멈추고 반대로 회전하면서 두 사람의 왼쪽을 공격했다.

그러니까 두 사람이 피하려고 몸을 날린 방향으로 진검룡이 공격을 한 것이다.

상대가 빠르게 다가오고 내가 그 방향으로 역시 빠르게 공격하면 두 배 이상의 빠르기다.

진검룡이 그랬던 것처럼 지금 옥소 역시 오른쪽으로 공격하는 것처럼 하다가 회전을 멈추고 훈용강의 왼쪽을 공격하겠다는 것이 아닌가.

훈용강이 바보가 아닌 이상 멍청하게 서 있다가 옥소에게 당할 리가 없다.

옥소가 진검으로 훈용강을 베거나 찌를 리 없고 그저

검의 옆면으로 어깨를 때리는 정도일 것이다.

설사 진짜 검으로 찌르거나 벤다면 훈용강처럼 자존심이 강한 사내는 입에 거품을 물고 옥소를 죽이려고 들 것이다.

진검룡이 그랬으며 훈용강과 다른 사람들이 예상하는 것처럼 옥소는 절반쯤 돌다가 회전을 뚝 멈추고 반대로 회전하기 시작했다.

"그런데 주군께선 회전을 멈추시고 왔던 방향으로 다시 회전을 하셨어요."

훈용강은 옥소가 제자리로 돌아오면서 검의 옆면으로 자신의 왼쪽 어깨를 가격하려는 것을 보며 회심의 미소를 지었다.

옥소의 동작은 무척 느려서 훈용강이 가만히 서 있다가 검의 옆면이 어깨에 닿아도 그저 간지럽기만 할 것 같았다.

다른 사람이라면 그 자리에 서서 옥소가 검면을 어깨에 살짝 대도록 가만히 있을 것이다.

옥소가 무슨 원한이 맺혔다고 시험하는 대상에게 상처를 입히지는 않을 것이기 때문이다.

그런데도 훈용강은 처음부터 옥소가 마음에 들지 않았기 때문에 그녀의 검이 어깨에 닿는 순간 그녀의 가슴에 일장을 먹이려고 오른손에 잔뜩 공력을 주입했다.

그렇다고 옥소를 죽이거나 중상을 입힐 정도의 강공은 하지 않을 것이다.

그녀가 가슴에 한 방 얻어맞고 나가떨어져서 볼썽사나운 모습을 보이는 정도면 됐다.

그러면 훈용강은 그녀가 공격하는 줄 알고 실수로 과잉 방어 한 것처럼 얼버무리면 될 일이다.

그때 옥소의 검 넓적한 옆면이 갑자기 훈용강의 어깨로 빠르게 쇄도하는데 그대로 맞으면 꽤 아플 것 같았다.

훈용강은 잘됐다 싶어서 번개같이 오른 주먹을 옥소의 가슴으로 내지르며 약간의 공력을 주입했다.

후우웅!

옥소의 검이 훈용강의 어깨에 닿으려는 찰나 그의 주먹이 그녀의 가슴에 꽂혔다.

딱!

아니, 그 직전에 훈용강은 정강이에 무언가 딱딱한 것이 부딪치는 강한 충격을 받았다.

"윽!"

그는 뒤로 비틀거리면서 쓰러질 것처럼 물러났다.

물론 주먹으로 옥소의 가슴을 때리지 못했다.

옥소가 공력을 주입한 발끝으로 훈용강의 정강이를 냅다 걸어찬 것이다.

원래 그녀는 검의 옆면을 훈용강 어깨에 살짝 대기만 하려고 했었다.

그런데 훈용강의 눈에서 독한 기운이 번들거리는 것을 발견하고 그가 공격할 것이라는 사실을 직감했다.

그래서 옥소는 '그래. 너 어디 한번 당해봐라' 하는 마음으로 갑자기 검의 속도를 빠르게 했으며, 훈용강이 옳다구나 하고 걸려들었다.

대여섯 걸음이나 물러났던 훈용강은 벼락같이 어깨의 검을 뽑으면서 곧장 옥소에서 덮쳐갔다.

"죽어라! 이년!"

차앙!

훈용강 별호 삼절사존의 삼절은 검절, 환절, 염절이다.

그중에서도 검절이 가장 뛰어나다.

"욱……!"

하지만 그는 검을 뽑아 몸을 날리려다가 그 자리에 앞으로 풀썩 엎어졌다.

앞으로 쏘아가기 위해서는 발끝으로 바닥을 박차야 하는데 그렇게 하려다가 갑자기 오른쪽 무릎이 부러지는 것처럼 꺾여 버린 것이다.

        *   *   *

쿠당탕!

"으윽……!"

훈용강은 바닥에 엎어지면서 신음을 터뜨렸다. 턱을 바닥에 부딪친 것도 아프지만 오른쪽 정강이가 끊어질 듯이 고통스러운 것이 그제야 느껴졌다.

치열한 싸움에서 웬만한 상처를 입어도 눈 하나 까딱하지 않는 그이지만 지금은 앞으로 고꾸라져서 오른쪽 다리를 감싸 쥐고는 너무 아파서 비명조차 지르지 못하고 목구멍에서만 꺽꺽 소리를 냈다.

턱을 바닥에 세게 부딪쳤지만 지금은 정강이가 아픈 것 때문에 턱을 돌볼 겨를이 없다.

방금 전 옥소가 발끝으로 짧고 강하게 걸어차서 그의 오른쪽 정강이를 부숴 버렸기 때문이다.

훈용강은 옥소가 왼쪽 어깨를 검의 옆면으로 때릴 것이라고만 예상했었지 설마 정강이를 공격할 줄은 눈곱만큼도 예상하지 못했다.

그러나 옥소가 반드시 그의 왼쪽 어깨를 공격하겠다고 약속한 것은 아니었다.

그녀가 시범을 보여준 취지는 진검룡의 극쾌창술이 상대의 예상을 깨고 전혀 뜻밖의 부위에 공격을 가한다는 사실을 입증하려는 것이었다.

그런 취지라면 옥소가 훈용강의 정강이를 가격한 것은 실로 적절했다.

도대체 누구라서 그녀가 훈용강의 정강이를 가격할 것이라고 예상했겠는가.

모두 그녀가 그의 왼쪽 어깨를 때릴 것이라고만 생각했기 때문이다.

옥소는 훈용강이 어떤 인물인지 알기에 웬만큼 가격해서는 그가 오히려 열받아서 더 사납게 덤벼들 것이라고 판단했기에 아예 정강이를 부숴 버렸다.

그 순간 훈용강은 왼발로 바닥을 찍고 퉁기듯 솟구치며 옥소에게 쏘아갔다.

"이년!"

그는 지나치게 분노하여 지금이 어떤 상황이며 이곳에 진검룡과 민수림이 있다는 사실마저 망각했다.

정확하게 따진다면 훈용강이 옥소에 비해서 반 수 정도 고강한 편이다.

하지만 지금 훈용강은 오른쪽 정강이가 박살 났으며 지금처럼 누군가를 공격, 그것도 급습할 때에는 그것이 매우 큰 걸림돌이 된다.

훈용강이 옥소보다 반 수 고강한 것은 그의 사지 육신이 멀쩡했을 때 상황이다.

그러나 지금처럼 한쪽 정강이가 박살 난 경우에는 반대로 옥소가 반 수, 아니, 한 수 위가 된다.

훈용강은 지금 상황을 냉철하게 판단했어야만 했다.

그래야지만 지금보다 더 꼴사나운 상황에 처하지 않았을 것이다.

하지만 이미 화살은 시위를 떠났다.

옥소는 방심할 수가 없어서 덮쳐오는 훈용강을 향해 급한 대로 공력을 실어서 번개같이 발을 뻗었다.

퍽!

"우왁!"

옥소의 발끝이 가슴팍을 찍어버리자 훈용강은 처절한 비명을 지르며 뒤로 붕 날아갔다.

진검룡과 민수림은 그저 묵묵히 지켜보기만 하고 다른 사람들 역시 아무도 나서지 않았다.

모두가 보기에도 옥소는 친절하게 설명을 하고 있는데 훈용강이 느닷없이 급습을 가했으므로 그녀에게 호되게 응징을 당해도 싸다는 생각이다.

쿠쿵!

그런데 공교롭게도 훈용강은 일 장이나 날아갔다가 바닥에 떨어져서 주르르 밀려가서 나란히 서 있는 진검룡과 민수림 앞에 멈추었다.

"끄으으……."

그는 가슴이 부서지는 진득한 고통을 느끼면서 눈을 한껏 부릅떴다.

그런데 그의 핏발이 곤두선 시야 속에 자신을 굽어보고 있는 진검룡과 민수림의 얼굴이 들어왔다.

"끄으으… 주… 주군……."

옥소는 훈용강이 검으로 공격하는 것을 보고는 오른발에 공력을 주입하여 그의 가슴을 걷어찼으므로 갈비뼈가 완전히 으스러져 버렸다.

훈용강은 그제야 자신이 진검룡과 민수림 면전에서 난동을 부렸다는 사실을 깨달았다.

"죄… 송… 으으……."

그러나 그는 말을 끝맺지 못하고 혼절했다.

점점 정신을 잃어가는 그의 귀에 진검룡의 잔잔한 목소리가 들렸다.

"소야, 시범을 끝맺어야지."

혼절한 훈용강은 옥소의 마지막 설명을 듣지 못했다.

항주 서호의 어느 주루 이 층 창가 자리에 한 명의 여자가 활짝 열려 있는 창밖 호수 풍경을 응시하고 있다.

양쪽 어깨에 각각 금빛 봉황이 수놓인 비단 흑삼을 입

고 꼿꼿한 자세로 앉아 있는 여자는 사십 대 초반의 나이에 눈이 번쩍 뜨일 정도의 놀라운 미모를 지녔다.

흑색 옷에 금빛 봉황이 새겨졌으므로 가까이에서 자세히 보지 않으면 잘 보이지 않았다.

어쨌든 옷에 봉황을 수놓은 사람은 거의 보기가 어렵다.

오른쪽 어깨에 한 자루 붉은색의 검을 메고 있으며 왼손에 찻잔을 쥐고 있으나 마실 생각을 하지 않고 눈도 깜빡거리지 않고 시선이 호수의 수면에 고정되어 있다.

문득 여자의 입가에 아주 흐릿하게 씁쓸한 미소가 나뭇가지 끝의 낙엽처럼 매달렸다.

'내가 정신이 나간 건가? 여기가 어디라고……'

여인은 시선을 호수에 고정시킨 채 찻잔을 입으로 가져가서 한 모금 마셨다.

후룩…….

그녀는 오로지 한 사람을 찾으려는 일념으로 머나먼 항주까지 왔다.

그녀가 살고 있는 곳은 예로부터 중원(中原)이라고 불리는 하남성 낙양이다.

한 사람을 찾으려고 낙양에서 만여 리가 넘는 항주까지 왔지만 내심 별로 기대하지 않는다.

여러 정황으로 미루었을 때, 그 사람이 항주에 있을 가능성이 희박하기 때문이다.

천하무림은 남과 북으로 정확하게 양분되어 있다.

서쪽에서 동쪽으로 대륙의 한가운데를 가르면서 흐르고 있는 장강을 중심으로 북쪽을 북신무림(北神武林).

남쪽을 남천무림(南天武林)이라고 한다.

남천무림은 검황천문이 지배하고 북신무림은 천군성(天軍城)이 통치하고 있다.

그 두 거대 세력을 일컬어서 남문북성(南門北城)이라고 하고 혹은 남천북신(南天北神)이라고도 부른다.

그런데 지금 여기 창가 자리에 앉아 있는 여자는 북성 천군성의 인물이다.

장강 강가에 벽이나 철조망이 쳐져 있어서 남문북성 사람들의 통행을 제지하는 것이 아니므로 일반인이든 무림인이든 남북으로의 통행은 언제나 자유롭다.

남문북성이 서로를 해치려는 음모가 없는 한 무림인들의 왕래도 자유롭다.

다만 예외가 있는데 여기에 앉아 있는 여인처럼 북성의 최고위급 거물이 강남에 왔을 때는 문제가 달라진다.

이곳 주루 이 층에는 드문드문 손님들이 앉아서 식사

를 하거나 술을 마시고 있지만 혼자 앉아 있는 사람은 창가 자리의 여인이 유일하다.

다른 손님들은 여인에게 전혀 관심을 보이지 않고 자신들끼리 대화하면서 식사를 하고 있다.

그때 계단 위로 한 사람이 올라와서 주위를 두리번거리더니 곧장 여인에게 다가왔다.

어깨에 한 자루 검을 메고 남의 경장을 입은 삼십 대 중반의 장한은 여인에게 다가와서 멈추더니 부동자세로 고개를 숙여 인사했다.

원래대로 하자면 장한은 여인의 발아래 바닥에 최대한 납작하게 부복하여 머리를 조아려야 하지만 이곳은 사람의 눈이 많은 탓에 그러지 못한다.

여인은 창밖을 보면서 잔잔하게 전음을 했다.

[나와 마주 보고 앉아라.]

장한은 혼비백산하여 몸을 후드득 세차게 떨었다.

[가… 각하……! 어찌 그런 말씀을 하십니까……?]

장한으로서는 여인과 마주 보고 앉는 일은 설사 삼생(三生)을 산다고 해도 일어나지 않을 일이다.

여인은 장한을 쳐다보지 않은 채 전음했다.

[사람들이 보고 있다.]

"……!"

순간 장한은 몸을 크게 움찔 떨었다.

주루 내에는 사람들이 있는데 자신이 계속 시립하듯이 꼿꼿하게 서 있으면 이상하게 보일 것이다.

그는 극도로 조심스럽게 여인의 맞은편 자리에 앉았다.

그런데도 여인은 처음부터 한 번도 장한에게 눈길을 주지 않고 창밖만 응시하고 있다.

장한은 두리번거리는 식의 자잘한 행동을 취하지 않고 꼿꼿한 자세에서 전음을 했다.

[각하께서 찾으시는 분은 현재 항주 영웅문이라는 곳에 있습니다.]

장한은 여인이 어떤 사람을 찾고 있는지 정확하게 모르고 있다.

다만 작년 가을 무렵부터 천군성에서 총력을 기울여 한 인물을 찾고 있다는 사실과 그 인물의 전신(傳神:초상화)에 그려진 얼굴만 알고 있을 뿐이다.

여인이 처음으로 창밖에서 시선을 거두어 찻잔을 탁자에 내려놓으며 나직이 말했다.

[영웅문에 대해서 설명해라.]

장한은 한동안 전음으로 영웅문에 대해서 간략하게 그러나 제법 상세하게 설명했다.

장한은 설명을 끝내고 나서 전음인데도 목소리를 낮추

었다.

[각하께서 찾으시는 분의 별호는 철옥신수이고 이름은 민수림이며, 영웅문 태상문주의 신분입니다.]

여인은 눈살을 찌푸렸다.

별호나 이름은 들어본 적이 없지만 그 정도라면 신분이 확실해도 너무 확실하다.

신분이 확실하면 확실할수록 여인이 찾고 있는 사람일 가능성이 적어진다.

여인은 찻잔을 만지작거리면서 말했다.

[민수림이라는 사람에 대해서 아는 대로 설명해라.]

[네. 그녀는 영웅문주인 전광신수 진검룡의 정인이며 진검룡이 항주무림을 일통하는 데 지대한 공헌을 했답니다.]

[정인?]

점점 이상한 방향으로 흘러간다.

여인이 찾고 있는 사람은 누군가의 정인을 할 성격이 절대로 아니다.

남자 알기를 벌레보다도 못한 존재로 여기기 때문이다.

장한은 여인이 찾는 사람에 대해서 자신이 알고 있는 대로 자세히 설명했다.

설명을 다 듣고 난 여인은 팔짱을 끼고 생각에 잠겼다.

여인의 생각이 길어지자 장한은 조심스럽게 고개를 들어 여인의 얼굴을 쳐다보았다.

분을 바른 듯 새하얀 얼굴에 오뚝한 코와 갸름한 얼굴 윤곽. 그리고 꼭 다문 붉고 작은 입술 등 전체적으로 경국지색의 미모를 지녔으며 사십 대 초반의 나이인데도 매력이 철철 흘러넘쳤다.

그러나 그것은 여인의 외모만 봤을 때고 그녀의 신분을 알게 된다면 저절로 등줄기에서 식은땀이 흐르고 오금이 저려서 서 있지 못할 것이다.

흑봉검신(黑鳳劍神) 부옥령(扶玉玲).

북성 천군성에는 북천쌍신(北天雙神)이 있으며 좌호법 흑봉검신과 우호법 백호도신(白虎刀神) 담제웅(覃帝雄)이다.

북천쌍신은 천군성주인 천상옥녀의 좌우호법이며 천군성 서열 삼 위다.

남천에 비해서 땅덩어리는 세 배 이상이고 세력은 두 배 반이 넘는 백삼십만 천군고수(天軍高手)를 거느린 천군성 서열 삼 위라면 실로 엄청난 신분이다.

지금 여기에 앉아 있는 절세미녀이며 싸늘하기 짝이 없는 여인이 바로 천군성 좌호법인 흑봉검신 부옥령인 것이다.

무림에서는 북성남문을 막론하고 흑봉검신이라는 별호에 산천초목이 치를 떤다.

그렇기에 만약 부옥령이 항주에 왔다는 사실이 알려진다면 무림인들이 벌 떼처럼 몰려들 것이고 그다음에 남천검황천문이 파도처럼 들이닥칠 것이다.

무림인들이 몰려드는 첫 번째 이유는 부옥령 같은 초극고수를 먼발치에서나마 구경하기 위해서다.

그리고 또 다른 이유는 부옥령과 일대일 한판 대결을 벌이기 위해서다.

천하무림에서 반신반인(半神半人)의 위치에 오른 고수들이 우내십절이라면 인간들 중에서 가장 높은 곳에 올라간 고수들을 일컬어 천지이십신(天地二十神)이라고 한다.

천하무림 수백만 명의 무림인들 중에서 두 번째로 고강한 이십 명이라니 그들이 얼마나 고강할지는 가히 상상할 수 있을 터이다.

당연한 일이지만 어느 누구라도 천지이십신 중 한 명을 꺾는다면 그 사람이 그 위치에 오른다.

그것은 누가 정한 법이 아니지만 천지이십신의 일인이면서 일대일 대결에서 패하고서도 그 자리에 있겠다고 고집을 부릴 정도로 후안무치한 인물이 아직까지는 없었다.

북신 천군성의 초거물이 남천무림 한복판에 들어왔기 때문에 흑봉검신이 항주에 나타났다는 사실을 알게 됐을 때 검황천문 고수들이 몰려드는 것은 당연한 일이다.

남천 검황천문의 거물이 강북 북성 지역에 들어간다고 해도 똑같은 상황이 벌어질 터이다.

부옥령의 긴 상념이 끝났다.

한곳에 고정되어 있던 그녀의 시선이 거두어지면서 눈을 깜빡거린 것이 신호다.

장한은 흠칫 놀라면서 급히 눈을 내리깔았다.

만에 하나 부옥령과 시선이 마주친다면 모르긴 해도 그는 공포에 질려서 오줌을 지리고 말 것이다.

부옥령의 잔잔하면서도 약간 카랑카랑한 목소리가 장한의 숙인 머리 위로 흘렀다.

[너는 이 정보들을 어디에서 얻었느냐?]

사실 장한은 북성 천군성의 인물이며 절강성 전체의 정보 수집을 담당하는 직책이다. 정식 지위는 천군성 천외오전(天外五殿) 중 사해광전(四海廣殿) 휘하 절강지부주(浙江支部主)다.

그의 별호는 청월검(青月劍)이고 이름은 정소천(鄭蘇天)이다.

이곳 항주에서 그의 신분은 항주 십이소방파 중 청검

문(靑劍門)의 문주다.

정소천 부친도 천군성 사해광전 소속이며 정소천은 대를 이어서 천군성에 충성하고 있다.

第七十二章

천상옥녀를 찾으러

[제가 조사한 것도 있으며 제 친구인 금성문 총관이 많이 도와주었습니다.]

[네 생각에 영웅문의 철옥신수라는 사람이 내가 찾는 전신의 인물인 것 같으냐?]

정소천은 조금 자신 없게 대답했다.

[확신할 수는 없습니다.]

전신을 아무리 잘 그렸다고 해도 실물하고 완전히 똑같을 수는 없다.

실물과 절반만 비슷해도 잘 그린 전신인데 그것만 보고 부옥령이 찾는 인물이라고 확신할 수 없는 것이다.

부옥령은 보름 전에는 이곳에서 북으로 천이백여 리 거리인 산동성 제남에 있었다.

그곳에서 전신의 인물을 발견했다는 천군성 사해광전 제남지부의 보고가 있어서 달려갔었는데 헛물만 켰다.

제남지부가 찾아낸 사람은 전신의 그림과 많이 닮기는 했지만 천군성에서 찾고 있는 사람이 아니었다.

천하 곳곳에 퍼져 있는 천군성 사해광전 휘하의 지부들이 전신의 그림과 똑같이 닮은 사람을 찾아냈다는 보고가 하루에도 수백 건 이상 천군성에 쏟아져 들어온다.

그런 것들은 전신 속의 인물을 지척에서 모셨던 즉, 진면목을 알고 있는 사람이 달려가서 확인을 한다.

천군성 내에서 전신 속의 인물을 직접 보고 또 측근에서 모셨던 사람은 몇백 명에 불과하다.

그 정도로 전신 속의 인물은 신비로운 존재였다.

얼마 전 제남에서 날아온 보고에 의하면 전신의 인물이 거의 확실하다는 것이어서 부옥령이 만사 제쳐두고 직접 달려갔었는데 잘못 짚은 것이었다.

그녀가 제남까지 달려온 김에 천군성 소유의 태산에 있는 장원에서 잠시 휴식을 취하고 있을 때 항주에서 전신의 인물에 대한 보고가 들어왔다.

항주의 보고는 제남에서의 보고처럼 확신에 찬 것이 아니었으나 부옥령이 마침 가까운 제남에 머물고 있었으므로 그녀가 직접 이곳으로 달려온 것이다.

부옥령은 한참 생각해서 내린 결론을 말했다.

[내가 철옥신수를 직접 봐야겠다.]

[그러시겠습니까?]

[그녀를 보도록 해줄 수 있느냐?]

정소천은 진지한 표정으로 고개를 숙였다.

[할 수 있습니다.]

[언제 가능하느냐?]

정소천이 공손히 말했다.

[지금 저를 따라오시겠습니까?]

정소천은 항주 십이소방과 청검문의 문주 신분으로 영웅문에 흡수되어 내문사당 중 청검당(靑劍堂)을 맡고 있다.

부옥령은 평범한 청의 경장으로 갈아입고서 정소천을 따라 영웅문으로 갔다.

활짝 열어놓은 전문에 호문무사 열 명이 늘어서 지키고 있는 광경이 제법 당당하다.

마침 호문무사들은 청검당 소속이라서 들어서는 정소천을 향해 일렬로 도열하여 포권을 하며 우렁차게 외쳤다.

"청검당주님을 뵈옵니다!"

전문을 오가는 많은 사람들이 정소천을 쳐다보면서 감탄하며 또 부러운 표정을 지었다.

영웅문은 항주의 절대자가 된 이후 상주하는 고수와 무사의 수만 해도 천오백여 명에 달하고 영웅사문에 터를 잡고 사는 가족까지 합하면 무려 오천여 명에 이른다.

그런 데다 그 무사와 가족들의 수는 지금 현재도 점점 불어나고 있는 중이다.

그러므로 당연히 영웅문에는 하루에 수천 명이 전문과 옆문을 통해서 드나든다.

또한 장항천에서 영웅문 전문 옆으로 수심이 깊고 폭이 꽤 넓은 수로가 놓여 있어서 그곳으로도 수십 척의 배들이 끊임없이 오갔다.

전문을 지키는 호문무사들은 자신들의 지휘관인 정소천을 뒤따라서 들어가는 평범한 복장의 여인을 별달리 눈여겨보지 않았다.

청검당에서 정소천을 비롯하여 간부급 십여 명만이 천군성 사해광전 소속이며 그 외에 육십여 명의 수하들은 단순한 청검당 무사일 뿐이다.

전문 안에 들어선 부옥령은 두리번거리지 않고 정소천 뒤만 묵묵히 따라서 걸었다.

그녀는 하수나 소인배처럼 새로운 장소에 왔다고 해서 수선스럽게 두리번거리는 성격이 아니다.

그저 가끔 왼쪽을 한번 슥 훑어보고 나서 잠시 후에 오른쪽을 다시 한번 훑어보면 그것으로 주변의 상황과 구조적인 것들이 모두 머릿속에 입력된다.

정소천은 부옥령을 청검당 전각으로 데리고 가서 자신의 집무실로 안내했다.

"편하게 계십시오. 태상문주를 볼 수 있는 기회가 오면 즉시 알려 드리겠습니다."

"먼발치라도 상관없다."

"잘 알겠습니다."

부옥령은 길게 말하지 않는 성격이다.

그녀는 영웅문의 태상문주 철옥신수가 자신이 찾는 사람일 것이라는 기대를 일 할도 하지 않았다.

그렇지만 이대로 그냥 가버리면 뒤가 켕겨서 마음에 들지 않는다. 매사 깨끗한 게 좋다.

정소천이 나간 후에 부옥령은 잠시 생각에 잠겼다가 이윽고 천천히 실내를 둘러보았다.

한 문파 일개 당주의 집무실치고는 실내가 매우 넓으며 가구와 장식 따위가 화려했다.

그것만 봐도 문하고수들에 대한 영웅문의 처우가 매우

좋다는 사실을 짐작할 수 있다.

그녀는 실내를 둘러보다가 노대(露臺:발코니)가 있는 것을 발견하고 그쪽으로 걸어갔다.

청검당은 당내 인원이 백이십 명이며 새로 지은 네 채의 전각과 두 곳의 연무장, 수련장 등이 주어졌다.

이곳 청검당주의 전각은 삼 층이며 당주 집무실은 삼 층의 절반을 차지하고 있다.

노대의 탁자 앞에 있는 푹신한 호피의에 몸을 묻은 부옥령은 시선을 먼 곳에 주고 두 손을 깍지 꼈다.

잠시 허공을 응시하고 있던 그녀의 입에서 긴 한숨이 새어 나왔다.

"후우……."

그녀의 머릿속은 엉켜 버린 실타래처럼 복잡하고 가슴은 커다란 구멍이 뚫린 것처럼 허탈했다.

그녀의 하늘이 무너진 지 벌써 반년이 넘었다.

천군성의 성주이며 우내십절 중 일인인 천상옥녀가 바로 부옥령의 하늘이다.

작년 가을 산서성 태악산에서 부옥령의 하늘인 천상옥녀가 사라져 버렸던 것이다.

반년 전, 천상옥녀는 천군성의 최측근인 좌호법 부옥령만을 대동하고 태악산 온천산장에 올라갔었다.

천상옥녀는 매년 가을이면 온천산장에 갔다가 봄이 되

면 낙양으로 돌아가는 일을 반복했었다.

그날 밤에 부옥령은 산장의 전각 내에 있는 온천에서 온천욕을 하고 있는 천상옥녀에게 한 가지 중요한 보고를 했었다.

대명의 태자 효성(曉星)이 천상옥녀를 만나려고 지금 태악산을 올라오고 있다는 보고였다.

남자를 발가락에 낀 때처럼 여기는 천상옥녀는 그 보고를 받고는 길게 생각하지도 않고 태자를 만나지 않겠다고 단칼에 자르면서 역정을 냈었다.

그러나 부옥령은 대명의 태자를 문전박대해서 내쫓는 것은 하등에 좋을 게 없다면서 천상옥녀를 설득해서 간신히 그녀로 하여금 태자를 맞이할 차비를 하겠다는 허락을 받아냈었다.

그래서 부옥령은 태자를 맞이하러 장원 입구로 달려가서 수하들에게 이것저것 지시하고 있는데 장원 안쪽에서 느닷없이 벼락 치는 굉음이 터져 나왔다.

부옥령이 깜짝 놀라서 돌아보니 천상옥녀가 온천욕을 하고 있는 전각 쪽이다.

소스라치게 놀란 부옥령은 그곳으로 미친 듯이 달려갔다가 망연자실하고 말았다.

전각이 있었던 자리에 난데없이 둘레 수백 장의 거대한 호수가 생겨났는데 호수에서 뜨거운 온천물이 거칠게 넘실거리고 있었다.

온천탕도 전각도 그리고 무엇보다 중요한 천상옥녀의 모습도 보이지 않았다.

그것은 마치 느닷없이 산 중턱이 함몰하면서 전각을 통째로 집어삼킨 듯한 광경이었다.

부옥령은 앞뒤 가릴 것 없이 즉각 호수 속으로 뛰어들어 천상옥녀를 찾아보았다.

그러나 펄펄 끓는 뜨거운 호수 물은 오십 장 이상 깊었으며 그 아래 통째로 무너진 전각 더미가 거꾸로 처박혀 있었지만 천상옥녀의 모습은 찾을 수 없었다.

부옥령은 한 시진 이상 호수 물 속을 샅샅이 뒤졌지만 끝내 천상옥녀를 찾지 못했다.

태자가 도착했지만 부옥령은 그를 맞이할 정신이 없었다.

부옥령은 수하들과 함께 갑자기 생겨난 온천 호수를 비롯하여 주변을 샅샅이 수색했다.

부옥령에게 어떻게 된 일인지 자초지종 설명을 듣고 난 효성태자는 처음에는 믿지 않았지만 흡사 화산 폭발이라도 일어난 것 같은 광경의 전각이 무너진 현장을 보고는 그제야 믿는 얼굴이었다.

효성태자도 이끌고 온 황궁고수들과 함께 산장 주변을 이 잡듯이 샅샅이 수색했다.

그렇지만 부옥령이나 효성태자 둘 다 끝내 천상옥녀를 찾지 못했다.

천상옥녀의 시체라도 있거나 아니면 신체의 어느 한 부위라도 발견됐다면 그녀가 죽었다고 판단했을 것이다.

그러나 며칠 동안 이어진 수색에도 천상옥녀의 흔적은 아무것도 발견되지 않았다.

갑자기 생긴 펄펄 끓는 거대한 온천 호수 속을 뒤질 수 있는 사람은 부옥령 정도의 초극고수만이 가능한 일이라서 그녀 혼자 호수 속을 몇 날 며칠이고 수색했지만 호수 속은 어디 빠져나갈 수중 동굴 같은 것이 하나도 없이 완전히 매몰된 상태였다.

어쩌면 천상옥녀가 갑자기 붕괴한 온천탕 속에 매몰됐을 수도 있겠지만 천상옥녀는 부옥령을 오초식 안에 제압할 수 있을 정도의 절세고수라서 그럴 가능성은 희박했다.

그래서 부옥령은 천상옥녀가 살아 있을 것이라고 판단하여 낙양 천군성으로 돌아가 모두에게 그 사실을 알렸다.

천군성 지도부가 발칵 뒤집힌 것은 당연했다. 그때부터 천상옥녀를 찾으려고 할 수 있는 모든 방법이 총동원됐다. 그러나 지난 반년 동안 천상옥녀는커녕 그녀의 흔적조차 발견하지 못한 채 오늘에 이르게 된 것이었다.

정소천은 저녁이 돼서야 돌아왔다.

"각하, 오늘은 저희 집에서 하룻밤 묵으시고 내일을 기약해야 할 것 같습니다. 태상문주가 문주를 비롯한 최측근들과 함께 쌍영웅각에서 무공을 가르쳐 주느라 밤을 새울 모양입니다."

그는 그것이 자신의 죄인 양 쩔쩔매면서 태상문주의 상황을 설명했다.

태상문주가 쌍영웅각 밖으로 나오면 부옥령에게 그녀의 모습을 먼발치에서 보여줄 수 있지만 쌍영웅각 수련실 안에 있으면 어떻게 해볼 재간이 없다.

부옥령이 일어서며 지나가는 말처럼 물었다.

"태상문주가 측근들에게 무공을 가르치느냐?"

"그렇습니다. 저도 배우고 있습니다."

이때까지만 해도 부옥령은 태상문주가 가르치는 무공에 대해서 별 관심이 없었다.

"어떤 무공이냐?"

"저는 현재 청성파 대라벽산과 소림사 백보신권, 그리고 무당파의 태청검법을 배우고 있습니다."

하나같이 명문대파의 성명절기들이다.

밖으로 걸어 나가려던 부옥령이 걸음을 멈추고 정소천

을 쳐다보며 물었다.

"그것들을 누구에게 배우는 것이냐?"

"태상문주에게 배웁니다."

부옥령은 조금 뜻밖이라는 표정을 지었다.

"그 세 가지 무공을 태상문주가 다 가르친다는 말이냐?"

정소천은 공손히 덧붙였다.

"다른 것들도 가르칩니다.

이어서 정소천은 태상문주가 외문당주들과 영웅호위대 간부들에게 십반병기술과 백타(白打), 진법(陣法), 경공술 등을 가르치고 있다는 말을 해주었다.

"그렇다고?"

"그렇습니다."

부옥령은 태상문주에게 흥미를 느꼈다.

그녀의 하늘 천상옥녀는 천하의 모든 무공에 대해서 훤하게 다 알고 있었다.

그래서 영웅문 태상문주가 천상옥녀일지도 모른다는 부옥령의 기대치가 조금 전까지는 채 일 할도 못 됐었는데 지금은 이 할 정도로 조금 커졌다.

"태상문주가 지금 어디에 있느냐?"

"씽영웅각입니다."

"안내해라."

정소천은 깜짝 놀랐다.

"지금 말입니까?"

"그렇다."

정소천의 얼굴이 해쓱해졌다.

"아… 안 됩니다."

부옥령은 태상문주가 있는 곳으로 쳐들어가서 그녀를 직접 확인해 볼 생각이다.

그녀는 초극고수이기 때문에 거칠 것이 없다.

태상문주가 천상옥녀라면 다행이지만 그게 아니라서 문제가 생기면 다 죽여 버리면 그만인 것이다.

부옥령의 그런 생각을 알아차린 정소천은 난감한 표정으로 고개를 가로저었다.

"아무리 좌호법님이시지만 태상문주에게 안 될 겁니다."

부옥령은 피식 실소를 흘렸다.

"내가 말이냐?"

"네, 각하."

부옥령은 자신의 실력에 대단한 자부심을 지니고 있다.

천하무림에서 자신을 어떻게 할 수 있는 인물은 이십여 명뿐이라고 장담하고 있다.

우내십절은 당연히 그녀보다 고강할 테고 천지이십신의 십여 명 정도가 그녀보다 고강하거나 팽팽할 것이라는 게 그녀의 생각이다.

그런 그녀거늘 한낱 영웅문의 태상문주 따위가 그녀보다 고강할 것이라는 정소천의 말에 어이가 없었다.

*　　　　*　　　　*

부옥령은 가소롭다는 표정을 지으며 문을 열었다.

"네가 농담을 하고 싶은 것이냐?"

정소천이 감히 부옥령의 앞을 막아섰다.

"아닙니다. 저는 이날까지 살아오면서 태상문주보다 고강한 사람을 한 명도 본 적이 없습니다. 그러니 각하께서는 태상문주에게 가시면 안 됩니다."

"너……."

부옥령은 어이가 없어서 말문이 막혔다.

"그러니까 네 말은 내가 태상문주보다 약하다는 말이냐?"

정소천은 찔끔했으나 용기를 내서 말했다.

"저의 소견으로는 아마 태상문주야말로 천하제일고수일 것입니다."

부옥령은 기가 막히다 못해서 정색을 했다.

"그러니까 네 말은 내가 태상문주보다 하수라는 말이냐?"

정소천은 무겁게 고개를 끄떡였다.

"그… 렇습니다."

그는 좀 더 용기를 냈다.

"태상문주는 천하제일입니다."

그는 차마 부옥령이 태상문주보다 하수라는 말을 하지 못하고 태상문주가 천하제일이라는 말만 반복했다.

하지만 그걸 알아듣지 못할 부옥령이 아니다.

부옥령은 괜한 오기가 발동했다.

"너는 내 실력을 모르잖느냐?"

정소천은 조심스럽게 말했다.

"각하께선 삼십 장 거리의 바위에 손바닥 자국을 세 치 깊이로 새기실 수 있습니까?"

"……!"

부옥령은 움찔했다.

그녀는 십 장 거리까지는 가능해도 삼십 장은 절대 불가하다.

십 장 거리라고 해도 천하무림에서 그 정도 실력자는 수십 명에 불과할 것이다.

"태상문주가 정말 삼십 장 거리의 바위에 세 치 깊이 손바닥 자국을 새겼다는 말이냐?"

"그렇습니다. 사실 정확한 거리는 삼십오 장 정도였습니다."

"그래?"

"그리고… 태상문주는 아주 아무렇지도 않게 그걸 성공시켰습니다. 마치 마음만 먹으면 더 먼 거리도 가능할 것 같은 모습이었습니다."

부옥령은 예전에 천상옥녀가 삼십 장 이상 거리의 거목을 무형의 강기를 발출하여 여지없이 두 동강 내는 광경을 본 적이 있었다.

당금 무림에서 그 정도 가공한 능력의 소유자는 우내십절 정도뿐이다.

그 아래 천지이십신은 강기를 발출하여 표적에 흔적을 남길 수 있는 최대치가 십여 장 정도이니까 우내십절에 비하면 흉내나 내는 수준이라고 할 수 있다.

태상문주가 정말 그 정도 수준이라면 부옥령은 그녀의 적수가 되지 못한다.

그 대신 태상문주가 천상옥녀일 가능성은 이 할에서 오할 정도로 부쩍 더 높아졌다.

그렇다면 한 가지 의문이 생긴다.

태상문주가 천상옥녀라면 어째서 그녀는 천군성에 돌아오지 않고 낙양에서 만여 리나 멀리 떨어진 이곳 항주의 영웅문에서 태상문주 노릇을 하고 있다는 말인가.

어쨌든 그런 의문은 부옥령이 태상문주를 직접 만나야

지만 풀릴 것이다.

진검룡과 민수림을 비롯한 외문팔당 당주들과 영웅호위대 대주, 부대주 다섯 명, 그리고 청랑까지 십칠 명은 장장 열흘 동안이나 쌍영웅각에서 나오지 않았다.

민수림은 열흘 동안 십육 명에게 무공을 가르쳤다.

민수림이 진검룡은 이런 무공을 배우지 않아도 된다고 말했지만 그는 수하들과 어울려서 열심히 무공을 배웠다.

원래는 십반병기술이었지만 종류가 많은 데다 그다지 필요하지 않은 병기술이 있어서 그것들을 제외하고 민수림이 육반병기술로 줄였다.

검(劍), 창(槍), 도(刀), 편(鞭), 활(弓), 표창(鏢槍)의 육반이며 십오 명은 그것들을 두루 체험해 보고 나서 자신에게 적합한 것을 골라 배웠다.

한 명이 두 가지를 배우기도 했는데 육반병기술 전부를 배운 사람은 진검룡이 유일하다.

진검룡이 욕심을 부린 것이 아니라 그의 능력이 워낙 출중한 덕분이다.

그는 십육 명 중에서도 단연 독보적인 두각을 나타냈다.

훈용강과 고범, 정무웅, 금성당의 공손창, 공손결, 공손설 삼남매가 두 가지 병기술을 배우는 데도 진땀을 빼고 있는 형편인데 진검룡은 열흘 동안에 여섯 개 병기술을 거의 완벽하게 터득해서 모두를 경악하게 만들었다.

육반병기술 외에 맨손 무공인 백타와 진법, 경공술은 십육 명 모두 배웠다.

십육 명 모두 가장 열심히 배운 것은 백타였다.

민수림이 가르친 백타는 십육 명이 한 번도 본 적이 없고 들어본 적도 없는 신기한 기술이었다.

진검룡을 비롯한 십육 명은 한데 뒤엉겨서 두 손과 두 다리를 이용하여 치고받으며 백타기술을 연마했다.

원래 민수림이 가르친 백타는 이름이 없었는데 연마하는 도중에 위융이 백타의 여러 변화들이 마치 북두칠성이 선회하는 모양을 닮았다고 하자 그때부터 사람들이 북두권법(北斗拳法)이라고 부르기 시작했다.

십육 명은 머리를 맞대고 진법을 배웠으며 경공을 배우느라 연공실이 좁다 하고 부리나케 오락가락했다.

그렇지만 뭐니 뭐니 해도 사람들이 제일 좋아한 것은 북두권법이었다.

부옥령은 열흘 동안 태상문주를 만나지도 먼발치에서 보지도 못했다.

태상문주의 무공이 부옥령을 능가한다는 정소천의 말

을 믿고 인내심을 발휘하여 기다리기로 한 것이다.

부옥령은 지난 열흘 동안 정소천의 집에서 최고의 귀빈 대우를 받으면서 지냈다.

영웅문 내문사당 청검당 당주인 정소천은 영웅사문 내에 근사한 저택을 소유하고 있다.

둘레 이백여 장의 넓은 대지에 세 채의 전각이 있으며 작은 포구에는 두 척의 배가 정박해 있고 뒤뜰에서는 소와 돼지, 염소 따위를 기르고 또 텃밭이 있어서 웬만한 채소들은 자급자족하고 있다.

부옥령은 계류 가의 별채를 혼자 사용하기에 조금도 불편하지 않았다.

그녀는 언제쯤 태상문주를 볼 수 있을까 기다리면서 하루하루를 보냈는데 벌써 열흘이나 지난 것이다.

그런데도 부옥령은 그다지 지루하지 않았다. 아니, 지루하기보다는 재미가 쏠쏠한 열흘을 보내고 있는 중이다.

정소천이 사는 집은 영웅사문 내문촌(內門村) 청검동(靑劍洞)에 있다.

내문촌에는 영웅문 내문사당에 소속된 사람들이 모여서 하나의 제법 큰 촌락을 이루어 살고 있다.

내문사당의 네 개 당 가족들이 모여 산다고 해서 저절로 내문촌이라는 이름이 붙었으며 그 안에서 청검당 사람들이 모여 사는 마을은 청검동이라고 한다.

이쯤의 영웅사문은 꽤 커져서 이미 천이백여 세대가 입주했으며 하루에도 수십 세대가 꾸준히 들어오고 있다.

현재 지어져 있는 멋진 집이 무려 천오백 채가 넘으며 오래지 않아서 이천오백 채가 될 것이라고 했다.

올해 목표는 삼천 채까지 짓는 것이다.

이름 없는 산골에 수십 호만 모여 살아도 여러 계통의 가게들과 주루, 다루 등이 들어서게 마련인데 영웅사문이라고 더하면 더했지 다르지 않았다.

영웅사문에서 가장 번화하다는 대로 사거리, 일명 사문대로(私門大路)에는 벌써 열두 곳의 주루와 일곱 개의 다루, 그리고 가게 사십여 채가 성업 중이다.

폭넓은 대로를 마차와 수레들이 한가하게 오가고, 필요한 물건을 사러 나오거나 구경 나온 사람들이 삼삼오오 거리를 활보하면서 다니는데 사람들이 활기차게 떠들고 웃는 소리가 높을 뿐 그들의 얼굴에 그늘이라고는 찾아볼 수가 없다.

부옥령은 무료함을 달래기 위해서 하루도 빠짐없이 혼자서 산책을 나왔었다.

영웅사문 곳곳은 그야말로 무릉도원을 방불케 하여 보는 사람의 혼을 뺏을 만큼 경치가 아름답다.

부옥령은 정소천 집에서 식사를 하고 나면 곧장 밖으로

나와서 여러 줄기의 계류와 크고 작은 호수들, 작은 언덕과 야산이 어우러진 근사한 풍경을 구경하면서 무료함을 달랬었다.

영웅사문은 동쪽만 영웅본문과 연결되어 있을 뿐이고 북쪽과 남쪽은 십여 리, 서쪽은 삼십여 리 이상 넓게 펼쳐져 있는 데다 사방이 아름답기 짝이 없는 무릉도원이어서 구경하려면 한 달도 모자랄 것 같았다.

부옥령은 그렇게 산천 구경을 하다가 저녁나절이 되면 사거리 사문대로에 와서 주루에 들어가 술을 마셨다.

그녀는 내문촌 청검동에 머문 열흘 동안 거부감 없이 영웅사문 사람들 삶 속으로 스며들었다.

학식이 풍부한 그녀는 오래전부터 천하 어딘가에 지상낙원 별유천지가 있을 것인지 몹시 궁금하게 여겼었다.

그러나 그녀가 실제로 천하를 돌아다니면서 온갖 경험을 해본 결과 지상낙원이나 별유천지, 무릉도원 같은 곳은 전설에나 나오는 얘기지 현실에는 결코 존재할 수 없다는 사실을 알게 되었다.

인간들 마음속에 탐욕스러움과 시기심, 싸움의 욕망 같은 것들이 가득 들어차 있는 한 지상낙원은 결코 존재하지 못한다고 판단한 것이다.

줄곧 그렇게 생각해 왔던 부옥령이건만 열흘 동안 이곳

영웅사문에 지내면서 곳곳을 여유를 갖고 찬찬히 둘러본 결과 그녀가 그토록 찾아 헤매었어도 발견하지 못했던 지상낙원이고 별유천지가 바로 여기에 있었다는 사실을 알게 되었다.

더할 나위 없이 경치가 좋고 논과 밭이 기름지며 사람들이 눈곱만큼도 근심 걱정 없이 웃으면서 살고 있으니 이곳이 별유천지가 아니고 무엇이겠는가.

쪼르르…….

부옥령은 사문대로 선화루(鮮花樓)라는 주루의 이 층 창가 자리에 앉아서 빈 잔에 술을 따랐다.

그녀는 두 병째 술을 마시고 있는데 술과 요리가 맛있어서 흡족한 기분이다.

물론 천군성 좌호법이라는 어마어마한 신분인 그녀는 이런 것보다 훨씬 더 맛있는 술과 요리를 많이 먹어보았었다.

그런데 지금 이 술과 요리가 맛있는 이유는 영웅사문이라는 곳이 무척 마음에 들었기 때문이다.

부옥령이 만난 정소천의 가족과 이웃들은 입에 침이 마르도록 영웅문 문주와 태상문주를 칭송했다.

부옥령은 오늘쯤 이곳 영웅문에서의 생활, 아니, 휴식을 끝내야겠다고 생각했다.

열흘이 지난 지금에 이르러서 그가 곰곰이 생각해 보니까 태상문주는 천상옥녀가 아닌 것이 분명했다.

이곳에서 벌어지고 있는 모든 일들이 천상옥녀하고는 어울리지 않기 때문이다.

부옥령이 최측근에서 모시던 천상옥녀는 완벽함을 추구하는 사람이었다.

그래서 천상옥녀는 직속에 있는 천군성은 물론이고 휘하의 모든 지부와 분타의 수하들에게까지도 한 치의 흐트러짐도 용서하지 않았다.

우수한 사람에겐 한없이 자비롭지만 터럭만 한 실수라도 하는 수하는 가차 없이 벌을 가했다.

예전에 기강이 해이해진 현 소재의 지부가 통째로 벌을 받아 반년 동안 녹봉을 한 푼도 받지 못했던 일이 있었다.

일개 지부에는 적게는 백 명, 많게는 삼백 명의 수하들이 상주하고 있으며 그들의 가족까지 치면 수백 명에서 천여 명에 이를 정도다.

그런데 그들이 반년 동안 녹봉을 한 푼도 받지 못했으므로 가족들의 생계가 막막해진 것은 당연했다.

측근들이 천상옥녀에게 그들의 벌을 서너 달로 감해달라고 무수히 간청했지만 천상옥녀는 꿈쩍도 하지 않았으며 그 지부는 끝내 반년 동안 녹봉을 받지 못했다.

그렇게 피도 눈물도 없는 살벌한 천상옥녀가 이곳 영웅문의 태상문주로 앉아 있다면 영웅사문의 백성들이 지금처럼 행복에 겨워서 영웅문주와 태상문주를 입술이 닳도록 칭송할 리가 만무하다.

얼핏 들은 바에 의하면 내문사당 청검당의 당주인 정소천의 한 달 녹봉이 은자 사백 냥이라고 했다.

천군성에서 제일 잘나가는 당의 당주 녹봉이 한 달에 은자 백오십 냥인 것을 감안하면 영웅문의 녹봉이 얼마나 많은지 짐작할 수 있을 것이다.

영웅문의 하나에서 열까지 모든 것들이 천상옥녀의 그것하고는 거리가 멀었다.

"여기에 계셨군요?"

부옥령은 깊은 상념에 잠겨 있느라 정소천이 온 것도 모르다가 그의 목소리에 비로소 창밖에서 시선을 거두고 그를 쳐다보았다.

정소천이 고개를 숙이자 부옥령은 턱으로 앞자리를 가리키면서 말했다.

"이제 가야겠다."

부옥령은 이제 영웅문을 떠나야겠다는 뜻으로 말했는데 정소천은 태상문주를 보러 간다는 뜻으로 알아들었다.

정소천은 자리에 앉으려다가 다시 일어서며 두 손을 뻗어 계단을 가리켰다.

"가시죠."

부옥령이 계단으로 걸어가자 정소천은 그녀를 따라가면서 지나가는 말처럼 물었다.

"어떻게 아셨습니까?"

"뭘 말이냐?"

"태상문주께서 이곳으로 오신다는 것 말입니다."

부옥령은 뜻밖이라는 표정으로 계단을 내려가다 말고 걸음을 멈추었다.

"그녀가 여기에 온다는 말이냐?"

"모르셨습니까?"

"그렇다."

"그럼 어딜 가신다고 말씀하신 겁니까?"

"떠나겠다는 얘기였다."

정소천은 깜짝 놀랐다.

"떠나시는 겁니까? 지금 태상문주께서 저희 집으로 오고 계시는 중입니다만……."

이번에는 부옥령이 놀랐다.

"그녀가 온다고?"

정소천은 조금쯤 의기양양하게 어깨를 펴고 말했다.

"제가 오늘 저녁 식사에 문주와 태상문주를 초대했습

니다."

"허어……."

그가 그럴 줄은 전혀 예상하지 않았던 부옥령은 조금 어이없는 표정을 지었다.

또한 문주와 태상문주쯤 되는 거물이 일개 당주가 초대를 한다고 해서 수하의 집에 식사를 하러 온다는 자체가 이해되지 않는 일이다.

"초대하니까 오겠다고 하더냐?"

"그럼요. 흔히 있는 일입니다. 저는 한 번도 두 분을 초대한 적이 없지만 측근들은 자주 두 분을 초대해서 식사와 술을 대접합니다."

"그래?"

정소천은 빙그레 미소 지었다.

"두 분이 워낙 소탈하신 데다 영웅문 안팎으로 인기가 많기 때문입니다. 영웅사문에서는 어느 누구라도 두 분을 초대하려고 혈안이 됐으니까요."

第七十三章

살수들

　그런데 정소천이 문주와 태상문주에게 부옥령을 누님이
라고 소개했다는 것이다.

　"어째서 날 누님이라고 했느냐?"

　정소천은 굽실거렸다.

　"두 분을 초대하는 데 적당한 이유가 없어서 그랬습니
다. 누님께서 오셨는데 두 분을 뵙고 싶어 하신다고 말씀
드렸더니 흔쾌히 허락하셨습니다."

　문주와 태상문주를 초대하려고 그랬다는데 부옥령으로
서는 별달리 할 말이 없다.

　정소천은 애원조로 사정했다.

"그랬는데 각하께서 떠나시면 저는 문주와 태상문주께 거짓말을 하는 것이 됩니다."

부옥령은 정소천에게 말을 하고 나서 이대로 떠날 생각이었는데 그가 고집을 부리는 것이 그다지 밉지 않아서 희미하게 미소를 지었다.

"알았다. 그들을 만나도록 하겠다."

만약 정소천이 천군성에 근무하면서 부옥령이 얼마나 잔인하고 또 살벌한 사람인지 피부로 느낀 적이 있다면 지금처럼 이런 식으로 말하지는 못할 터이다.

영웅문 내에서는 영웅호위대가 진검룡과 민수림을 호위하지 않지만 오늘 저녁에는 대주 현수란이 따라왔다.

그동안 현수란은 십엽루 일로 바빠서 바깥으로만 나돌다가 그저께 돌아왔기에 진검룡하고 함께 있고 싶었다.

그래서 오늘 저녁 정소천 집에 온 사람은 진검룡과 민수림, 현수란, 청랑 넷이다.

정소천 가족과 부옥령이 본채 전각 밖 다리 너머에 나와서 진검룡 일행을 기다렸다.

영웅사문 내에는 열다섯 개가량의 마을이 있는데 하나같이 담이나 경계가 없으며 각 마을이나 마을의 우두머리인 당주급의 집은 굽이쳐서 흐르는 계류나 바둑판처럼 직선으로 뻗은 수로가 경계를 이루고 있다.

아직 해가 지기 전이라서 정소천네 집 앞 거리에는 사람들이 많이 오가고 있었다.

사람들은 청검당주인 정소천과 가족들을 익히 잘 알고 있으므로 오가면서 반갑게 인사를 하는데 정소천과 가족들도 환하게 웃으면서 손을 흔들며 마주 화답을 했다.

부옥령이 보기에는 이런 광경도 매우 생소했다. 저기 거리에서 문주와 태상문주 일행이 언제 나타날지 모르는데 그들을 영접하러 나온 정소천과 가족들이 한가하게 지나가는 사람들과 인사를 주고받고 있으니 말이다.

정소천과 가족들, 그리고 부옥령은 집 앞의 계류 위에 놓인 폭 일 장에 칠팔 장 길이의 다리 너머에 양쪽으로 나누어 서 있는데 그래도 조금이나마 긴장하고 있는 사람은 부옥령 한 명뿐이다.

거리를 주시하고 있던 부옥령이 놀란 것은 바로 그때다.

"앗!"

그녀는 얼마나 놀랐는지 거리를 보면서 나직한 탄성마저 터뜨렸다.

아는 사람들과 인사를 하고 있던 정소천이 놀라서 부옥령을 쳐다보았다.

"왜 그러십니까?"

그러나 부옥령은 대답할 정신이 없다. 저만치 거리에서

이쪽으로 오고 있는 어떤 사람에게 시선이 고정된 채 혼비백산한 표정을 짓고 있기 때문이다.

'소저……'

천군성 휘하의 모든 사람들이 천상옥녀를 '주군'이나 '성주'라고 호칭하지만 부옥령은 그녀를 '소저'라고 호칭하는 몇 안 되는 사람 중 하나다.

그렇다.

거리 저만치에서 붉은 노을을 등진 채 마치 천상에서 하강하고 있는 것처럼 너울너울 걸어오고 있는 사람은 부옥령이 그토록 찾아 헤맸던 천상옥녀다.

십여 장 거리에서 행인들에 섞여 걸어오고 있는 사람은 눈을 씻고 자세히 봐도 천상옥녀가 분명하다.

조금 전까지만 해도 영웅문의 태상문주는 천상옥녀가 아닐 것이라고 거의 확신하여 떠날 생각이었는데 하마터면 큰 실수를 저지를 뻔했다.

부옥령의 두 눈이 뜨거워지면서 눈물이 고였다.

평생 단 한 번도 울어본 적이 없는 그녀지만 반년 만에 기적적으로 천상옥녀를 다시 보니까 저절로 눈물이 났다.

부옥령은 천상옥녀가 죽었을 것이라고 거의 포기했었다.

그런데 그녀가 기적처럼 부옥령의 눈앞에 나타난 것

이다.

거리를 오가는 사람들이 천상옥녀에게 인사를 하면서 친근하게 말을 거는 모습이 보였다.

천상옥녀 일행은 거리의 사람들이 인사를 하면서 둘러싸는 바람에 매우 느리게 다가오고 있었다.

겹겹이 둘러싼 사람들 때문에 천상옥녀의 모습이 보이지 않게 되자 부옥령은 문득 이상한 생각이 들었다.

'어떻게 저런 일이 가능한 것인가……?'

부옥령이 알고 있는 천상옥녀는 절대로 저런 모습을 보인 적이 없었다.

예전의 천상옥녀는 다른 사람들과 함께 한가하게 거리를 걸어간 적도 없었으며 거리에서 사람들이 알은척을 한다는 자체를 용서하지 않는 성격이었다.

그런데 알은척하는 백성들에게 천상옥녀가 미소를 지으며 친절하게 화답을 해주고 저렇게 사람들에게 둘러싸여서 대화를 하고 있다니 절대로 있을 수 없는 일이다.

'소저가 아니신가……?'

모습은 천상옥녀가 분명한데 하는 행동을 보면 절대로 천상옥녀가 아니다.

부옥령은 헷갈리기 시작했다.

천하에 닮은 사람이 많다고는 하지만 천상옥녀의 천하절색 미모까지 똑같이 닮는다는 것은 불가능한 일이다.

그렇지만 성격이 완전히 딴사람처럼 바뀌는 것은 더 불가능한 일이다.

그러는 사이에 행인들이 흩어지고 천상옥녀가 다시 이쪽으로 걸어오고 있다.

정소천은 부옥령의 시선이 민수림에게 고정되어 있는 것을 보고 짚이는 것이 있어서 흠칫 놀랐다.

'설마……'

더구나 부옥령의 두 눈에 눈물이 가득 고여서 건드리기만 해도 흘러내릴 것 같지 않은가.

'그렇다면 좌호법께서 찾는 사람이 태상문주가 맞다는 말인가?'

그때 정소천의 아내가 그의 소매를 잡아당겼다.

"여보……"

정소천이 돌아보니까 진검룡과 민수림 등이 이미 다섯 걸음까지 걸어오고 있다.

정소천은 급히 포권을 하며 허리를 굽혔다.

"정소천이 문주와 태상문주를 뵈옵니다."

정소천의 아내와 두 명의 동생들은 일제히 허리를 굽히며 예를 갖추었다.

부옥령은 눈물을 흘리면서 세 걸음 앞에 멈춘 민수림을 감개무량한 얼굴로 바라보았다.

그런데 민수림은 부옥령을 보면서도 아무렇지 않은 표정을 짓고 있다.

부옥령은 반갑게 천상옥녀를 부르려다가 뭔가 미심쩍어서 급히 말을 삼켰다.

진검룡이 부옥령을 보면서 온화하게 미소 지었다.

"그대가 소천의 누님이군요."

민수림도 엷은 미소를 지으며 고개를 끄떡였다.

"만나서 반가워요."

부옥령의 눈이 커졌다.

'반갑다고?'

눈을 크게 뜨는 바람에 부옥령의 뺨을 타고 눈물이 주르르 흘러내렸다.

부옥령은 딛고 선 땅이 푹 꺼지는 기분이다.

앞에 서 있는 여자는 키와 체구, 얼굴은 물론이고 목소리까지 천상옥녀가 틀림없다.

그런데 최측근인 부옥령을 바로 앞에 두고도 만나서 반갑다는 말을 하고 있다.

정소천은 부옥령과 민수림을 재빨리 살펴보고는 급히 자신의 집을 가리켰다.

"들어가시죠."

부옥령은 일행을 뒤따르면서 민수림의 뒷모습을 복잡한 표정으로 바라보았다.

'어쩐다……?'

식사가 거의 끝나고 술자리가 이어질 때까지 부옥령은 한마디도 하지 않았다.

그녀는 침묵을 지키면서 근 한 시진 동안 민수림을 자세히 살펴보았다.

그러고는 마침내 어떻게 된 일인지 깨달았다.

천상옥녀는 기억을 잃은 것이 분명했다. 그러지 않고서는 지금 상황을 뭐라고 설명할 수가 없다.

부옥령이 그런 결론을 내리기까지는 민수림에 대한 세밀한 관찰에 이은 오랜 고심이 필요했다.

'틀림없어. 소저께선 기억을 잃으신 거야……!'

천상옥녀가 기억을 잃었다면 부옥령이 그녀에게 제아무리 구구한 설명을 하더라도 아무런 소용이 없을 것이다.

기억을 잃은 사람에게 당신이 북신 천군성의 성주이며 우내십절 중 일인이라고 아무리 설명을 해봐야 믿겠는가.

오히려 의구심만 더 생기고 자칫하면 부옥령을 이상하게 생각하여 적으로 간주할지도 모르는 일이다.

식탁 한쪽에 진검룡과 민수림, 현수란, 청랑 네 사람이 나란히 앉아 있고, 맞은편에 정소천 내외와 부옥령이, 그리고 식탁 좌우에 정소천의 두 동생이 나누어 앉았다.

일개 당주와 가족들이 문주, 태상문주와 동석을 하다니 다른 문파 같으면 어림도 없는 일이지만 영웅문에서는 충분히 가능하다.

진검룡이 상상하는 것 이상으로 소탈하기 때문이다.

말은 거의 진검룡과 현수란, 정소천, 가족들이 하고 민수림은 가끔 진검룡의 말에 부드러운 미소를 지으면서 고개를 끄떡일 뿐이지 말을 하지 않았다.

부옥령이 지켜본 바에 의하면 진검룡과 민수림은 연인 사이가 분명했다.

두 사람이 얼마나 사이가 좋으면 마치 부부처럼 보였다.

그러나 부옥령은 합석한 사람들의 대화에서 두 사람이 부부가 아니라는 것을 짐작할 수가 있었다.

부옥령이 봤을 때 진검룡의 식사에 수발을 드는 사람은 여러 명이지만 그중 현수란이 가장 설쳤다.

그녀는 진검룡 오른쪽에 찰싹 붙어 앉아서 자신은 식사를 거의 하지 않으면서 식탁의 맛있는 요리들을 젓가락으로 집어 그가 먹기 좋도록 앞에 놔주었다.

현수란은 민수림의 눈치를 많이 봤다. 어떤 행동을 한

번 하고는 반드시 민수림의 눈치를 살폈다.

그걸로 봐서 현수란은 진검룡을 좋아하지만 내색하는 것을 많이 자제하고 있으며 그러면서도 어떻게 해서든지 진검룡에게 잘 보이려고 애쓰는 것 같았다.

좌중의 모든 사람들이 진검룡과 민수림을 몹시 좋아하고 있는 것이 역력했다.

사람들은 특히 진검룡을 더 좋아하고 민수림은 좋아하면서도 두려워하는 것 같았다.

그때 정소천이 두 손을 모으고 민수림에게 공손히 말했다.

"주모, 술이 입에 맞으십니까?"

민수림이 밥보다 술을 좋아한다는 사실을 영웅문 사람치고 모르는 사람이 없다.

그러나 부옥령은 정소천이 민수림을 '주모'라고 호칭한 것 때문에 적잖이 놀라고 또 혼란스러웠다.

좌중의 사람들이 문주인 진검룡을 주군이라고 부르는데 민수림을 주모라고 호칭하는 것은 두 사람을 부부로 여긴다는 뜻이다.

두 사람이 혼인을 하지 않았는데 부부로 여긴다는 것은 많은 의미를 내포하고 있다.

더구나 부옥령을 더 놀라게 만든 것은 민수림이 자

신을 주모라고 부르는데도 당연하게 받아들인다는 사실이다.

원래 천상옥녀는 남자라는 존재에게 터럭만큼도 관심이 없는 성격이었다.

여북하면 천하에서 최고 최상의 신랑감으로 손꼽히고 있는 효성태자를 벌레처럼 여겼겠는가.

그랬던 천상옥녀가 효성태자 발끝에도 못 미치는 것 같은 사내 옆에 앉아서 그의 부인처럼 행세하고 있으니 그녀가 정말 천상옥녀가 맞는지 다시 한번 생각해 봐야 할 일이다.

그 광경을 지켜보는 부옥령의 마음은 엉킨 실타래처럼 복잡해졌다.

부옥령은 자리를 박차고 나가서 혼란스러운 머리를 좀 식히고 싶지만 그럴 수가 없는 입장이다.

그녀가 그렇게 하면 진검룡과 민수림이 이상하게 생각할 것이고 정소천이 곤란해질 것이다.

민수림은 부옥령이 처음부터 자신을 매우 차세히 살핀다는 사실을 잘 알고 있었다.

그러나 민수림의 미모나 품격 같은 것들이 워낙 뛰어나서 어딜 가더라도 사람들의 눈길을 끌기 때문에 부옥령의 시선을 그다지 이상하게 생각하지는 않았다.

민수림은 정소천에게 살짝 미소를 지어 보였다.

"술이 좀 더 독했으면 좋겠군요."

"아……! 그러십니까?"

정소천 아내가 항주 성내에 가서 구해 온 최고급 술은 사실 민수림 입에 맞지 않았다.

독한 술을 좋아하는 그녀에게 이 술은 맹물 같았다.

정소천이 다른 술이 없느냐는 듯 아내를 쳐다보았지만 준비한 술이 없는 아내는 당황해서 어쩔 줄 몰랐다.

"죄… 송합니다… 태상문주님……."

민수림은 손을 들어 보이며 미소 지었다.

"됐어요. 이 술도 괜찮아요."

현수란이 이때다 하는 표정을 지으면서 민수림에게 넌지시 물었다.

"주모, 초강주(醋糠酒)를 가져왔는데 드릴까요?"

민수림은 눈을 조금 크게 뜨면서 반색했다.

"그래? 어서 가져와라."

그녀가 지금 같은 반응을 보인다는 것은 매우 좋아한다는 뜻이다.

쌀겨 삼 할과 옥수수 칠 할로 만든 싸구려면서 몹시 독한 술이 초강주다.

일전에 현수란은 십엽루의 명주로 통하는 작로주(芍露酒)와 이상주(梨霜酒)를 대접했었는데 나중에 민수림이 초강주를 매우 좋아했다는 말을 듣고는 그것을 담가둔 것이다.

현수란은 가볍게 손뼉을 쳤다.

짝짝짝!

"가져오너라!"

그녀의 말이 끝나기 무섭게 한 사람이 바람처럼 빠르게 달려 들어와서 현수란에게 공손히 두 손으로 옥병에 담긴 술을 내밀었다.

현수란은 술병을 받아서 민수림의 잔에 넘치도록 따랐다.

민수림은 술잔을 단숨에 비우더니 매우 흡족한 표정을 지으며 치하했다.

"맛있구나!"

부옥령은 놀라면서도 조금 어이없는 표정을 지었다.

왜냐하면 그녀가 알고 있는 한 천상옥녀는 술을 한 방울도 마시지 않기 때문이다.

그런 탓에 최측근인 부옥령도 여태껏 술을 마시지 못하는 신세다.

지금도 술잔을 앞에 놓고 있지만 불공을 드리는 것처럼 손도 까딱하지 않고 있다.

　　　　*　　　　　*　　　　　*

　그런데 현수란이 민수림에게 따라준 술의 향기 즉, 주향
이 실내에 진하게 확 퍼졌다.

　술을 마시지 않는 부옥령이지만 주향이 몹시 강하고 독
하다는 것을 즉시 알아차렸다.

　술을 마신 민수림은 빈 잔을 현수란에게 내밀었다.

　현수란은 재빨리 빈 잔에 술을 가득 부었다.

　민수림은 이번에도 단숨에 마시고 나서 흐뭇한 표정으
로 현수란에게 물었다.

　"초강주가 너희 가게에 더 있느냐?"

　민수림은 예전에 우연히 마시게 된 초강주를 제일 좋아
한다.

　현수란은 기다렸다는 듯이 공손히 대답했다.

　"원래 저희 십엽루에서는 초강주를 팔지 않았으나 주모
께서 좋아하신다는 사실을 알고는 즉각 초강주를 담가서
현재 백 되가량 확보했습니다."

　"그렇게나 많이?"

　민수림은 기쁜 얼굴로 노래하듯이 말했다.

　현수란은 민수림의 빈 잔에 다시 술을 따랐다.

　"초강주를 더 담글 예정입니다."

"그래?"

진검룡이 웃으면서 말했다.

"십엽루주가 바쁘다는 핑계로 술만 담그고 있었구나."

"주모를 위해서 술을 담그는 것보다 더 중요한 일이 어디에 있겠어요?"

민수림이 미소 지으며 고개를 끄떡였다.

"고맙구나."

줄곧 차분하게 가라앉아 있던 그녀가 기뻐하자 사람들도 모두 기쁜 표정으로 그녀를 바라보았다.

부옥령은 맞은편에 자신과 사선으로 앉아 있는 현수란에게 시선을 주었다.

항주의 상권을 장악하고 있는 십엽루는 워낙 유명해서 부옥령도 십엽루를 알고 있다.

천하에는 상계를 대표하는 많은 세력들이 있는데 그것들을 뭉뚱그려서 천십단(天十團)이라고 한다.

천하십대상단을 줄여서 부르는 말이며 그들이 천하를 좌지우지하고 있다.

사실상 돈이면 못 하는 것이 없는 세상이므로 천하의 돈을 대부분 움켜쥐고 있는 천십단이 천하를 좌지우지하는 것은 틀린 말이 아니다.

하지만 십엽루는 천십단에 속하지 않는다. 그러기에는

십엽루가 많이 작다.

십엽루가 천십단이 되려면 지금보다 다섯 배 이상 몸집을 불려야만 할 것이다.

천십단 아래에 천삼역(天三域)이 있는데 천하삼십상역(天下三十商域)을 줄인 말이다.

천하의 각 지역을 장악한 상단이 삼십 개라는 뜻이며 십엽루는 천삼역에 속한다.

부옥령이 이들의 대화를 들어보니까 현수란이 십엽루의 루주인 것 같아서 새삼스러운 표정을 지었다.

천삼역의 하나인 십엽루의 루주를 휘하에 당주로 거느리고 있을 정도이므로 진검룡이 한낱 어중이떠중이 같지는 않다는 생각이 들었다.

부옥령은 현수란에게서 시선을 거두고 잠시 눈을 감고 가만히 있었다.

"어디 불편하시오?"

말소리가 들렸지만 자신에게 하는 말이 아닐 것이라고 생각하여 가만히 있었다.

그러자 그 즉시 정소천이 조심스럽게 부옥령의 팔을 건드리며 불렀다.

"누님."

부옥령이 눈을 뜨자 정소천이 정중하게 진검룡을 가리키면서 말했다.

"주군께서 누님이 어디 불편하냐고 하문하셨습니다."

부옥령은 말을 잘 알아듣지 못하고 고개를 가로저었다.

"불편한 데 없다."

"아니… 주군께서 하문하셨다고요."

부옥령은 진검룡을 힐끗 쳐다보면서 중얼거리듯이 말했다.

"불편하지 않으니까 신경 쓰지 마시오."

그녀는 민수림에 대해서 생각하느라 머리가 지끈지끈 복잡한 상태라서 진검룡을 대수롭지 않게 생각하는 내심이 그냥 튀어나왔다.

민수림 옆에 꼿꼿한 자세로 앉아 있는 청랑이 부옥령의 불손한 언행을 보고 가만히 있을 리가 없다.

그녀는 벌떡 일어나서 맞은편의 부옥령을 손으로 가리키며 꾸짖었다.

"감히 주인님께 불손하지 않은가!"

그 순간 부옥령은 자신이 정소천의 누님 신분으로 이 자리에 앉아 있다는 사실을 새삼 자각했다.

그래서 아무 말 하지 않고 가만히 있었다.

반발하거나 청랑을 일장에 쳐 죽이지 않는 것만으로도 부옥령으로서는 지금 많이 참고 있는 것이다.

그런 걸 알 턱이 없는 청랑은 부옥령을 손가락질하며 명령조로 다그쳤다.

"당장 주군께 사과해요!"

부옥령은 자신이 실수해서 일이 꼬이고 있음을 깨달았다.

그렇지만 이런 상황이 조금도 익숙하지 않아서 기분이 묘했다.

그걸 정확하게 표현하라면 기분이 더러웠다. 자존심이 마구 구겨지는 듯한 느낌이 들었다.

그녀가 슬쩍 쳐다보니까 정소천의 얼굴이 창백하게 질려 있는데 제발 살려달라는 표정이 역력했다.

또한 부옥령이 진검룡을 쳐다보면서 민수림을 보니까 그녀는 흔들림 없는 차분한 모습으로 부옥령을 응시하고 있다.

그런 민수림의 모습을 보는 순간 부옥령은 반년 동안 돌아오지 않는 천상옥녀의 모습을 그녀에게서 발견했다.

슥!

부옥령은 조용히 일어나서 진검룡에게 포권을 하며 정중히 허리를 굽혔다.

"죄송합니다. 제가 먼 길을 여행해서 온 탓에 피로가

누적되어 신경이 날카로웠나 봅니다. 부디 용서하십시오."

진검룡은 껄껄 웃으면서 손을 휘이휘이 저었다.

"힘들면 들어가서 쉬어도 되오."

"아닙니다. 그냥 있겠습니다."

진검룡이 청랑에게 약간 꾸짖는 듯한 어조로 말했다.

"랑아, 누님에게 무례하면 안 된다."

그러나 청랑은 부옥령에게 사과하지 않고 그녀를 차갑게 쏘아보면서 자리에 앉았다.

밤이 늦었지만 부옥령은 잠이 오지 않아서 집 앞 계류가를 천천히 거닐고 있다.

부옥령의 머릿속은 아까 저녁때 봤던 민수림에 대한 생각으로 가득 찼다.

그녀는 저녁 식사를 하는 두어 시진 동안 민수림을 자세히 관찰하고는 천상옥녀라고 더욱 확신하게 되었다.

집 앞 계류 가를 거닐면서 고심을 거듭한 결과 부옥령은 한 가지 결단을 내렸다.

우선 천상옥녀 곁에 머물러야겠다고 판단했다.

정소천은 부옥령더러 자신의 집에 오래 머물러도 된다

고 말했지만 그럴 생각은 추호도 없다.

무슨 수를 써서라도 부옥령이 천상옥녀의 최측근이 되어야만 한다.

그래야지만 천상옥녀 근처에 머물면서 그녀가 기억을 되찾도록 방법을 강구할 수가 있을 테니까 말이다.

그러니까 내일 날이 밝으면 정소천을 통해 영웅문의 조직 편제에 대해서 자세하게 알아낸 다음에 천상옥녀 최측근이 되는 방법을 궁리해야 한다.

그때 부옥령은 집 쪽에서 누가 나오는 기척을 감지했다.

익숙한 기척으로 미루어 정소천이다. 그녀가 들어오지 않으니까 찾으러 나온 모양이다.

부옥령은 정소천을 쳐다보지 않고서 전음을 보냈다.

[할 말이 있으면 전음으로 해라.]

노파심에서 하는 말이지만 원래 낮말은 새가 듣고 밤말은 쥐가 듣는다고 했으니 조심해서 나쁠 것 없다.

정소천이 가까이 다가와서 전음을 했다.

[주무시지 않습니까?]

부옥령은 대답하지 않았다. 그런 것까지 일일이 대답하지 않는 것이 그녀의 원래 성격이다.

예전 같았으면 정소천이 그런 것을 묻는 것조차도 절대 용납하지 않았을 것이다.

하지만 지금은 그에게 의탁하고 있으며 천상옥녀를 발견하게 해준 그의 공이 크기 때문에 그냥 넘어갔다.

부옥령은 정소천이 나와준 것이 잘됐다 싶었다. 내일 물어볼 것을 지금 물어보면 될 것이다.

[가까이 와서 나와 나란히 걷자.]

정소천은 조심스럽게 다가와서 부옥령 왼편에서 나란히 걷기 시작했다.

[영웅문의 전체 조직 편제에 대해서 설명해 봐라.]

그때부터 정소천은 부옥령이 궁금하게 여기는 것들에 대해서 소상하게 설명을 했다.

정소천은 계류를 따라서 내문촌 한 바퀴 오 리가량을 돌고 나서야 설명을 끝냈다.

부옥령이 걸음을 멈추고 물었다.

[영웅호위대라고 해도 태상문주 곁에 하루 종일 머물지 못하는 것이냐?]

[그렇습니다. 영웅호위대는 쌍영웅각 옆 건물에서 상시 대기하고 있습니다.]

[아까 나를 꾸짖었던 어린 계집아이는 누구냐?]

[주군의 계집종입니다.]

[계집종?]

부옥령은 설마 청랑이 진검룡의 계집종일 줄은 전혀 예상하지 못했다.

세상천지에 어떤 바보 같은 주인이 자신의 종과 합석하여 식사를 한다는 말인가.

정소천은 부옥령의 내심을 짐작하고는 진검룡이 어째서 계집종인 청랑과 함께 합석했는지에 대해서 설명했다.

하지만 부옥령은 그 말을 이해하지 못했다.

진검룡이 아무리 자상하다고 해도 종년하고 합석하여 식사를 하고 술을 마시면서 시시덕거리는 것은 말도 안 된다.

더구나 그 자리에는 그가 사랑하는 민수림이 앉아 있지 않은가. 그것을 어떻게 이해할 수 있다는 말인가.

[그 두 사람에게 가까이 가는 것은 계집종밖에 없느냐?]

[그렇습니다. 청랑 말고 하선이 있는데 하선은 주군의 일거수일투족을 챙기는 몸종입니다.]

"끙……!"

부옥령의 입 밖으로 진득한 신음 소리가 흘러나

왔다.

천상옥녀 곁에서 밤낮 같이 있으려면 몸종이 돼야 한다는 게 어이가 없기 때문이다.

하지만 방법이 그것뿐이라면 그거라도 해야만 하는 형편이다.

[그분 곁에 상시 머물려면 내가 몸종이 되는 방법밖에 없는 것이냐?]

정소천은 부옥령이 설마 그런 생각까지 할 줄은 몰랐기에 적잖이 놀라는 표정을 지었다.

그러다가 극도로 조심스럽게 물었다.

[각하께서 찾으시는 분이 태상문주가 맞습니까?]

그 사실을 부인하거나 침묵할 경우에는 이곳에서 정소천의 자발적인 도움을 받지 못할 것이다.

정소천이 명령에 의해서 도움을 주는 것과 마음에서 우러나와서 도움을 주는 것에는 큰 차이가 있다.

그래서 부옥령은 가볍게 고개를 끄떡여서 찾는 사람이 맞다는 대답을 했다.

정소천은 조금 더 용기를 냈다.

[각하, 태상문주가 누굽니까?]

걸어가는 부옥령의 걸음이 뚝 멈추었다.

정소천은 움찔하면서 괜한 것을 물어봤다고 후회

했다.

남의 수하 노릇을 하는 동안에 목숨 줄을 온전히 보전하고 살려면 호기심을 버려야 한다는 것을 잘 알면서도 일을 저지르고 말았다.

부옥령은 무표정하게 정소천을 주시하며 착 가라앉은 목소리로 말했다.

[살기 싫은 것이냐?]

별것 아닌 것 같지만 '죽고 싶으냐?'와 '살기 싫으냐?'는 엄연히 큰 차이가 있다.

오금이 저린 정소천은 그 자리에 무릎을 꿇으려고 급히 몸을 굽혔다.

[각하, 속하 죽을죄를…….]

[네놈이 정녕!]

정소천은 굽혀지던 무릎과 허리가 저절로 펴지는 것을 느끼고 크게 놀라는 얼굴로 부옥령을 쳐다보았다.

부옥령이 재빨리 주위를 두리번거리는 것을 보고서야 정소천은 자신이 무엇을 잘못했는지 깨달았다.

그가 부옥령에게 부복하는 광경을 누가 보기라도 한다면 의심을 할 것이 분명하다.

그래서 부옥령이 무형지기를 발출하여 그가 부복하려

는 것을 제지한 것이다.

그는 부르르 몸을 떨었다.

[잘못… 했습니다. 용서하십시오…….]

그때 문득 부옥령은 무엇인가를 감지하고 즉시 고개를 들어 캄캄한 하늘을 올려다보았다.

그녀는 고개를 많이 젖히지 않고서도 순식간에 밤하늘을 구석구석 깡그리 살펴보았다.

'저것은… 살수들이라는 건가?'

부옥령은 지상에서 이십여 장 높이 밤하늘에 수십 개의 검은 그림자들이 마치 박쥐처럼 한쪽 방향을 향해서 날아가는 광경을 발견했다.

일체의 음향도 없었지만 부옥령의 이목을 속이지는 못했다.

천하 수백만 명의 무림인들 중에서 우내십절을 제외하고 가장 고강한 천지이십신 중 한 명인 흑봉검신 부옥령의 이목을 속인다는 것은 거의 불가능에 가깝다.

지금 부옥령이 보고 있는 것은 일신에 흑의를 입은 야행인들이 날개 같은 커다란 것을 양쪽으로 활짝 펼친 채 날아가고 있는 광경이다.

부옥령은 야행인들이 날아간 방향을 가리키며 정소천에게 물었다.

[저쪽으로 가면 어디냐?]

[저긴 영웅본문입니다.]

정소천은 부옥령이 갑자기 무엇 때문에 이러는 것인지 알지 못했지만 느낌으로 뭔가 좋지 않은 일이 벌어지고 있음을 감지했다.

부옥령의 미간이 좁혀졌다.

'혹시……?'

그녀는 방금 본 야행인들이 살수들이라고 직감했다.

공력이 아닌 특수한 천으로 만든 날개를 이용하여 저런 비행술을 전개하는 자는 살수뿐이기 때문이다.

얼핏 봤지만 살수의 수가 삼십여 명쯤 되는 것 같았다.

원래 표적을 암살할 때는 살수의 수가 많아봐야 다섯 명을 넘지 않는 법이다.

그런데 저렇게 많은 살수들이 동원됐다는 것은 표적이 초특급이라는 뜻이다.

그렇다면 저들의 표적은 미상불 우내십절인 천상옥녀일지도 모르는 일이다.

물론 살수 삼십여 명 정도로는 천상옥녀의 옷자락조차 건드리지 못한다.

그러나 누군가 천상옥녀를 암살하려고 한다는 사실이

중요하다.

대체 어느 누가 영웅문 태상문주가 천상옥녀라는 사실을 알고 있다는 말인가.

第七十四章

호법(護法)이 되고 싶다

부옥령은 살수들이 날아간 방향을 가리켰다.

"태상문주의 처소가 저쪽에 있느냐?"

조급한 상황이라서 전음이 아니라 육성이 그냥 나왔다.

"영웅본문과 영웅사문의 경계 지역인 용림재가 문주와 태상문주께서 계시는 처소입니다."

"거처의 위치와 모양을 설명해라."

정소천이 쌍영웅각에 대해서 설명하자 부옥령은 마음이 다급하지만 당황하지 않고 손을 뻗어 정소천의 어깨에 얹고 빠른 어조로 말했다.

"너, 내 말 잘 들어라."

부옥령은 정소천이 할 일을 빠르게 지시하고 나서 그가 가리킨 방향으로 쏘아갔다.

슈우우—

그 자리에서 번쩍! 하고 사라진 그녀는 어느새 정소천 집 이 층 지붕 위를 날아서 넘어가고 있다.

부옥령은 살수들보다 먼저 용림재에 도착했다.

살수들은 상어 껍질 교어피(鮫魚皮)로 만든 특수한 옷을 입고 몹시 높은 곳에서 뛰어내려 양쪽의 넓은 깃을 활짝 벌려서 바람을 타고 활강을 하며 수십 리까지 비행할 수가 있다.

물론 깃을 넓히고 좁히는 것으로 상승하고 하강하며 몸을 틀어서 방향을 잡는 방식이다.

그 옷을 교피연(鮫皮鳶)이라고 하며 하나의 단점이 있는데 순전히 바람의 힘을 이용하기 때문에 자력으로 속도를 높일 수 없다는 사실이다.

부옥령은 쏘아가는 속도를 빌어서 비스듬히 솟구쳐 올라 용림재 이 층 지붕으로 향했다.

슈우욱!

그녀는 자신 혼자서 삼십여 명의 살수들을 상대하지 못할 것이라고 예상했다.

살수들의 표적이 천상옥녀라면 그녀가 우내십절이라는 사실을 알고 왔을 테니까 결코 만만한 자들이 아닐 것이다.

어떤 살수조직인지 모르지만 아마도 무림삼대살수조직 중 하나가 분명하다.

또한 살수조직 내에서 최상의 특급살수들만 엄선해서 보냈을 것이다.

부옥령이 솟구치면서 돌아보니까 교피연을 탄 살수들이 이미 십여 장까지 쇄도하고 있는 중이다.

부옥령은 이 층 지붕에 내려서며 살수들을 향해 돌아서 공력을 극한으로 끌어올렸다.

그녀의 실력이라면 혼자서 일류고수 삼십 명을 상대하여 일각 안에 모두 죽일 수 있다.

일류고수보다 한 단계 윗급인 초일류고수라면 열다섯 명까지 가능할 것이다.

그러나 초일류고수면서 동시에 살수라면 삼십여 명을 상대하는 것은 절대로 무리다.

표적에게 그림자처럼 접근하여 귀신도 모르게 암살하는 재주를 수십 가지나 지니고 있는 살수들은 정면 대결을 하지 않는 것으로 유명하다.

정면 대결을 한다면 부옥령은 열 명 정도의 특급살수를 상대할 수 있을 것이다.

하지만 특급살수들이 살수 특유의 갖가지 기기묘묘한 수법으로 공격을 해온다면 잘해야 다섯 명 정도 상대하는 것이 한계일 것이다.

더구나 부옥령은 살수들과 싸워본 경험이 몇 번뿐이고 그것들은 한두 명의 살수를 상대해 본 것이라서 지금 같은 경우는 생전 처음이다.

마주쳐 오고 있는 살수들이 부옥령을 발견했다.

그들이 부챗살처럼 좍 펼치면서 쏘아오는 것이 그 증거다.

그게 아니다.

방금 전에는 살수들이 좌우로 부챗살처럼 펼쳐지면서 그중 몇은 밤하늘 더 높은 곳으로 솟구치고 또 다른 몇은 지상으로 낮게 깔렸다.

부옥령으로서는 이런 것은 처음 본다. 대체 살수들이 어떻게 하려는 것인지 갈피를 잡을 수가 없다.

"……!"

다음 순간 부옥령의 뇌리를 번쩍 스치는 것이 있다.

그녀를 향해서 일직선으로 곧장 쏘아오는 살수는 겨우 세 명뿐이다.

대부분의 살수들이 부옥령을 합공하는 것이 아니라 용림재를 향해서 돌진하고 있는 것이다.

살수들은 세 명만으로 부옥령을 충분히 상대할 수 있

을 것이라고 생각하는 모양이다.

부옥령은 순간적으로 자신이 어떻게 해야 할지 판단이 서지 않았다.

자신의 목숨 따위를 염려하는 것이 아니라 어떻게 해서든지 천상옥녀를 보호해야 하기 때문이다.

그녀는 소리를 질러서 천상옥녀에게 위험을 알려야겠다고 생각했다.

그런데 그 순간 전혀 예상하지 않았던 일이 벌어졌다.

콰작!

부옥령에게서 두 걸음 정도 거리의 지붕이 뚫리면서 하나의 인영이 솟구쳤다.

"······!"

부옥령은 급히 고개를 들어 그 인영을 올려다보았다.

그 인영은 솟구쳐 오르면서 두 팔을 양쪽으로 활짝 벌리며 금빛의 광채를 발출했다.

비유웅!

다음 순간 금빛 광채가 수십 줄기로 가느다랗게 쪼개지면서 뿜어졌다.

그것은 마치 일출 때 태양의 황금빛이 사방으로 뿜어지는 듯한 찬란한 광경이다.

부옥령은 지붕을 뚫고 솟구쳐 오른 사람이 누군지 알아

보기도 전에 황금빛 광채가 무엇인지 알아보았다.

'적멸광(寂滅光)……'

부옥령은 넋이 나간 듯 멍한 얼굴로 그 광경을 바라보았다. 적멸광을 여기에서 보게 될 줄 전혀 예상하지 못했다.

천하에서 오직 단 한 사람만이 적멸광을 전개할 줄 아는데 그 사람이 바로 천상옥녀다.

적멸광은 달리 파멸광(破滅光)이라고도 부른다. 일단 발출하면 절대로 실패하지 않고 상대가 누구라도 깨끗하게 죽여 버리기 때문이다.

수십 줄기로 갈라져서 빛의 속도로 뿜어진 적멸광의 광선 즉, 적멸광선들이 쌍영웅각과 부옥령을 향해 쇄도하던 살수 삼십이 명의 머리통을 정확하게 관통했다.

퍼퍼퍼퍼퍽!

살수들은 한 명도 남김없이 머리에 구멍이 꿰뚫려서 바닥에 우르르 둔탁하게 떨어졌다.

부옥령은 특급살수 다섯 명 정도를 상대할 수 있을 것이라고 예상했었는데 민수림은 일초식에 삼십이 명을 깡그리 죽여 버렸다.

그렇지만 부옥령은 절대로 민수림처럼 하지 못한다.

일초식에 삼십이 명의 살수들을 모조리 죽여 버리니까

그들이 기기묘묘한 살수 수법들을 사용할 기회를 주지 않은 것이다.

부옥령은 살수들이 추락한 것을 쳐다보지 않았다.

천상옥녀의 적멸광이라면 살수들을 한 명도 남김없이 깡그리 죽였을 것이기 때문이다.

그 대신 부옥령은 고개를 들어 허공에 떠 있는 민수림을 올려다보았다.

잠옷 차림의 민수림은 머리카락과 옷자락을 밤바람에 하늘하늘 날리면서 마치 방금 천상에서 하강한 선녀처럼 밤하늘에 떠 있다.

민수림이 느릿하게 하강하더니 부옥령 앞에 마주 보고 소리 없이 내려섰다.

"당신은 청검당주의 누님이로군요."

부옥령은 갈등했다.

이렇게 단둘이 있을 때 아예 지금 민수림에게 모든 걸 다 말해주고 싶다는 생각이 머리를 뚫고 나오려고 했다.

민수림이 눈을 빛냈다.

"무슨 일이죠? 무엇을 망설이는 건가요?"

부옥령은 자신이 갈등하고 있는 것을 민수림이 간파하자 속이 뜨끔했다.

그래서 그녀는 모든 것을 털어놓으려는 생각을 재빨리

접었다.

그런 얘기는 열흘 삶은 호박에 이빨도 들어가지 않을 것이다.

부옥령은 아래쪽에 어지럽게 쓰러져 있는 살수들을 가리키며 말했다.

"저자들이 두 분을 암살하려는 것 같아서……."

민수림이 엷게 미소 지었다.

"우릴 구해주려고 했군요."

"집 앞에 산책을 나왔다가 우연히 저자들을 발견했습니다. 그래서 달려왔습니다."

민수림은 조금 눈을 크게 떴다.

"살수들이 이쪽으로 향하는 것을 보고 당신은 그들을 앞질러서 달려왔군요."

"그렇습니다."

민수림은 암습자들이 살수라고 단정했다.

하지만 그녀는 살수들이 자신을 죽이려고 한 사실보다 부옥령이 도와주려고 앞뒤 가리지 않고 달려와 주었다는 사실을 더 높이 평가했다.

그때 수십 명의 영웅호위대 고수들이 바람처럼 달려왔다.

민수림은 그들을 한 번 보고 나서 부옥령에게 잔잔한 목소리로 말했다.

"당신에게 빚을 졌군요."

"무슨 말씀을! 그렇게 생각하지 마십시오……!"

예전의 천상옥녀는 수하가 아무리 잘했어도 잘했다고 칭찬 한마디 한 적이 없었다.

그와 마찬가지로 잘못한 수하들을 나무란 적도 없다. 말하자면 방임이다. 내버려 두는 것이다.

그래서 측근들이 알아서 수하들에게 상을 주거나 벌을 내리곤 했었다.

여북하면 좌호법이며 최측근인 부옥령조차도 천상옥녀에게 칭찬이나 꾸중을 한 번도 들어본 적이 없었다.

예전의 천상옥녀는 매우 드물게 화를 낸 적이 있었는데 그때도 화를 낼 뿐이지 누굴 꾸짖지는 않았다.

영웅호위대 대주 옥조가 위로 솟구쳤다가 이 층 지붕에 내려서 민수림에게 공손히 허리를 굽혔다.

"죄송합니다, 주모."

영웅호위대가 살수들을 막지 못한 것에 대한 죄스러움에서 용서를 구하는 것이다.

그러나 민수림은 영웅호위대에게 아무 잘못이 없다고 생각하기에 그들을 꾸짖지 않았다.

그들이 살수들의 암습을 알아내거나 막기에는 아직 많

이 부족하기 때문이다.

"괜찮다. 가서 쉬도록 해라."

민수림은 옥조에게 손을 들면서 부드러운 미소를 지었다.

그걸 보면서 부옥령은 아주 잠깐 어쩌면 민수림이 천상옥녀가 아닐지도 모른다는 생각이 들었다.

그 정도로 눈앞의 천상옥녀와 과거의 천상옥녀는 극과 극일 정도로 판이하다.

과거의 천상옥녀는 강철처럼 강하면서도 차갑고 벙어리라고 할 정도로 말이 없었다.

옥조는 민수림에게 다시 한번 허리를 굽히고 나서 몸을 날려 지면으로 내려갔다.

민수림은 친근하게 부옥령의 팔을 잡았다.

"같이 들어가요."

"아……."

부옥령은 화들짝 놀랐다. 천상옥녀가 친근하게 부옥령의 팔을 잡는 일 같은 것은 이승에서는 절대로 일어나지 않을 일이기 때문이다.

부옥령이 지나치게 경직된 모습을 보이자 민수림이 의아한 표정을 지었다.

"왜 그러죠?"

"아… 제가 소저 앞이라 당황해서……."

옥조는 민수림과 부옥령이 용림재 계단을 오르는 것을 보고 나서 모여 있는 영웅호위대에게 돌아가서 무거운 표정으로 말문을 열었다.

"우린 명색이 주군의 호위대인데 살수들이 암습하는 것도 몰랐고 그들이 모두 주살될 때까지 아무것도 한 일이 없다."

영웅문의 자그마치 천오백여 명 중에서 엄선된 최정예가 바로 영웅호위대 오십육 명이다.

더구나 그들은 민수림으로부터 절학을 전수받아서 불철주야 무공연마에 매진하고 있는 중이다.

그들 오십육 명 중에서 사십여 명은 조금 전까지 영호전 내에서 무공연마를 하며 비지땀을 흘리고 있었다.

사실 영웅호위대가 살수들의 출현을 간파하는 것은 큰 무리가 따른다.

영웅호위대 오십육 명 중에서 옥소를 제외한 전원은 조금의 차이는 있지만 일류고수 정도의 수준이다.

그러나 그들 오십육 명이 특급살수 삼십이 명과 정면으로 싸운다고 해도 이길 수가 없다.

옥조는 그 사실을 뻔히 알면서도 괜히 심사가 뒤틀려서 영웅호위대를 싸잡아서 꾸짖고 있는 것이다.

옥조를 비롯한 호위대 고수들은 비참한 심정을 떨쳐 버리지 못하고 우두커니 서 있었다.

민수림이 부옥령을 데리고 용림재 일 층 입구 계단을 올라서는데 사방에서 외문팔당의 당주들과 고수, 무사들이 파도처럼 몰려오고 있다.

외문총관이며 총당주인 풍건이 가장 먼저 달려와서 계단 위에 서 있는 민수림에게 포권을 했다.

"주모! 무고하십니까?"

민수림은 고개를 끄떡이며 빙그레 미소 지었다.

"별일 없다."

그녀는 손을 저으며 말을 이었다.

"모두 본문 안팎을 수색해 보고 별 이상이 없으면 각자 거처로 돌아가서 쉬도록 해라."

풍건과 고범을 비롯한 당주들은 지면에 나란히 눕혀져 있는 삼십이 구의 살수들 시신을 쳐다보았다.

살수들이 한결같이 머리에 구멍이 뚫린 것을 보고 당주들은 그게 민수림의 솜씨일 것이라고 짐작했다.

민수림이 풍건에게 물었다.

"너희들은 어떻게 알고 온 것이지?"

풍건이 공손히 아뢰었다.

"내문사당의 청검당주가 알려주었습니다."

"저희도 청검당주가 알려주었습니다."

옥조도 포권을 하면서 아뢰었다.

민수림은 부옥령을 쳐다보았다.

그녀가 청검당주 정소천의 누님이기 때문이다.

부옥령이 정중하게 말했다.

"제가 최대한 빨리 외문총관과 영웅호위대에 알리라고 소천에게 시켰습니다."

민수림은 엷은 미소를 지으며 고개를 끄떡였다.

"잘하셨어요."

그녀는 풍건에게 물었다.

"외문총관은 이 일을 어떻게 조치했는가?"

"외문팔당 전원에게 본문 안팎을 경계하고 샅샅이 수색하라고 지시했습니다."

"잘했다."

민수림은 부옥령의 팔을 잡고 용림재 안으로 이끌었다.

"들어가요."

부옥령이 움직이지 않고 민수림에게 정중히 말했다.

"살수 시신 한 구를 살펴봐도 되겠습니까?"

"그러세요."

민수림은 쾌히 허락했다.

　　　　*　　　　　*　　　　　*

민수림과 부옥령은 용림재 이 층 휴게실에 마주 보고 앉았으며 탁자에는 몇 가지 물건들이 가지런히 놓여 있다.

그 물건들은 조금 전에 부옥령이 살수 한 명의 소지품을 뒤져서 찾아낸 것들이다.

여러 종류의 암기와 추적술, 은둔술, 환영술 등에 필요한 소품들인데 부옥령은 그것만 보고서도 그들이 어떤 살수집단인지 즉시 알아냈다.

부옥령은 두 손을 깍지 껴서 탁자에 얹고 단단하지만 정중한 어조로 말했다.

"저 살수들은 귀영단(鬼影團)입니다."

"그런가요?"

민수림은 담담하게 고개를 끄떡였다.

그녀는 그게 사실인지 아니면 그걸 당신이 어떻게 아느냐고 묻지 않았다.

"어떤 살수조직인가요?"

그 대신 귀영단에 대해서 물었다.

"천하무림에는 대략 육백여 개의 살수집단이 있고 그것들을 다섯 부류로 나눕니다."

부옥령은 민수림의 대답을 기다리지 않고 말을 이었다.

"특급부터 상급, 중급, 하급, 그리고 별급(別級)이 있는데 저자들은 별급에 속합니다."

그녀는 자신의 의견을 밝혔다.

"귀영단은 산동성에 있으니 잡아서 족치면 청부자가 누군지 알아낼 수 있을 것입니다."

"그럴 필요 없어요."

부옥령은 과연 어떤 인물이나 세력이 천상옥녀를 죽이려고 암살을 청부했는지 무척 궁금하지만 민수림은 그게 아닌 것 같아서 적잖이 놀랐다.

"소저께선 청부자가 누구인지 궁금하지 않으십니까?"

"누군지 알고 있어요."

"누굽니까?"

"남천일 거예요."

부옥령은 움찔 놀랐다.

"검황천문말입니까?"

"그래요."

"그들이 어째서……."

부옥령은 너무 놀라서 말을 잇지 못했다.

천상옥녀가 여기에 있다는 사실을 자신은 천신만고 끝에 간신히 알아냈는데 검황천문은 어떻게 알아내서 암살하려고 살수조직에 청부를 했다는 말인가.

더구나 웃기는 일은 살수조직 귀영단의 삼십이 명 정도로 천상옥녀를 암살하려고 했다니 기가 막힐 일이다.

귀영단 같은 조직 열 개가 한꺼번에 와도 천상옥녀를 어쩌지 못할 텐데 말이다.

민수림은 부옥령의 내심을 모르고 화제를 바꾸었다.

"당신은 어째서 나를 소저라고 부르는 건가요?"

영웅문에서는 다들 그녀를 주모라고 부르는데 어째서 그녀만 소저라고 부르는지 궁금했다.

부옥령은 천상옥녀를 처음 만났던 다섯 살 무렵부터 그녀를 '소저'라고 불렀기에 다른 호칭으로 부른다는 것은 생각해 본 적도 없다.

부옥령은 조금 당황했지만 민수림으로서는 그녀가 당황하는 내심을 알 까닭이 없다.

"보통 미혼의 여자를 그렇게 부르지 않습니까?"

"그런가요?"

"그럼 무엇이라고 부릅니까?"

"당신 좋을 대로 하세요."

"고맙습니다, 소저."

부옥령은 고개를 숙이면서 내심 회심의 미소를 지었다.

현재로서 다른 것들은 다 할 수 없는 것투성이지만 호칭만큼은 천군성에서처럼 천상옥녀를 '소저'라고 부를 수 있게 되어 작은 위로가 돼주었다.

민수림은 부옥령을 보며 조용히 말했다.

"당신이 보여준 행동에 깊이 감사해요."

민수림이 귀영단 살수 삼십이 명을 모두 죽였으므로 결과적으로 부옥령이 한 일은 아무것도 없다.

그런데도 민수림은 부옥령이 선의에서 행한 일을 높게 평가해 주는 것이다.

염치가 없는 일이지만 부옥령은 천상옥녀와 어렵게 연결된 끈을 어떻게 하든지 붙잡고 있어야겠다고 생각했다.

이걸 놓쳐 버린다면 부옥령은 정소천의 집에 머물면서 하염없이 천상옥녀하고 연결될 날을 기다려야만 할 것이다.

민수림은 온화하게 말했다.

"앞으로 내가 청검당주를 눈여겨볼 테니까 당신은 염려

하지 마세요."

부옥령이 행한 일을 잊지 않고 남동생인 정소천을 돌봐 주겠다는 뜻이다.

그 말은 달리 해석하면 부옥령이 남동생 집에 놀러 왔다가 조만간 떠나는 것으로 짐작한다는 뜻이다.

부옥령은 정소천의 누님도 아닐뿐더러 천상옥녀를 놔두고는 절대로 떠날 수가 없는 입장이다.

무슨 생각을 했는지 부옥령은 갑자기 벌떡 일어나서 꼿꼿한 자세로 말했다.

"소저."

그녀가 일어서자 민수림은 의아한 표정으로 바라보았다.

"말하세요."

부옥령은 허리를 깊숙이 굽혔다.

"제가 영웅문에서 일할 수 있도록 허락해 주십시오."

민수림은 전혀 놀라지 않았다.

"허리를 펴세요."

"허락해 주십시오."

"얼굴을 보고 대화를 해야지요."

부옥령이 허리를 펴자 민수림은 그녀가 앉았던 의자를

손으로 가리켰다.

"앉아요."

부옥령이 앉자 한쪽 옆에 서 있던 하선이 공손히 말했다.

"주모, 차를 내올까요?"

부옥령은 다들 천상옥녀를 '주모'라고 부르는데 자신만 '소저'라고 부르는 것이 조금 의기양양해졌다.

차를 내오느냐는 하선의 말에 민수림은 창밖의 밤하늘을 올려다보고는 별자리를 확인하여 인시(寅時:새벽4시경)가 되려면 일각 정도 있어야겠다고 생각했다.

민수림이 잠시 희고 가느다란 손가락으로 탁자를 두드리더니 부옥령에게 물었다.

"술 마실까요?"

천상옥녀가 술을 매우 좋아하게 되었다는 새로운 사실을 알게 된 부옥령은 숨도 쉬지 않고 대답했다.

"좋습니다."

부옥령은 술을 마셔본 적이 한 번도 없다.

여태 살아오면서 술을 마실 기회는 많았으나 술을 좋아하지 않기에 마시려고 시도하지도 않았다.

그러나 지금은 술을 마셔야만 하는 상황이고 마시지 않으면 이 자리에 있을 수가 없다.

그래서 생전 처음 술을 마셨는데도 전혀 못 마실 정도는 아닌 것 같았다.

아니, 외려 마시면 마실수록 조금씩 술의 참맛을 알아가는 것 같은 미묘한 느낌이 들었다.

이제 와서 생각해 보니까 그녀가 여태껏 술을 마시지 않았던 이유는 천상옥녀가 술을 한 방울도 마시지 않기 때문에 술을 가까이할 기회가 없었기 때문이다.

민수림이 지나가는 말처럼 사근사근한 목소리로 말했다.

"나는 술을 마시지 않는 사람하고는 대화가 안 돼요."

"그렇습니까?"

부옥령은 자신의 잔에 술을 부어서 넙죽넙죽 마시면서 공손히 대답을 했다.

민수림은 부옥령에게 술을 따라주지 않을 뿐만 아니라 자신의 잔에도 술을 따르지 않았다.

그녀는 누가 자신의 시중을 드는 것에 익숙하기 때문에 작은 일에도 손 하나 까딱하지 않는 편이다.

부옥령은 아까 정소천의 집에서 민수림이 줄기차게 술만 마실 뿐이지 말은 거의 하지 않았던 것을 기억하고 있다.

그러니까 민수림의 말을 풀어서 해석한다면 술을 마시

지 않는 사람하고는 같은 자리에 앉아 있는 것마저도 마뜩지 않다는 것 같았다.

하선은 용림재 주방의 숙수를 깨우지 않고 자신이 직접 주방으로 가서 몇 가지 요리를 해가지고 왔다.

그녀는 십팔 세 나이로 어리지만 철이 들기 전부터 십엽루에서 자랐으므로 요리 솜씨는 썩 괜찮은 편이다.

무공이 뛰어나고 또는 공력이 높다고 해서 술이 센 것은 결코 아니다.

공력이 심후한 사람이 술에 취했을 때 공력으로 취기를 몰아내는 것이 쉽기는 해도 그러지 않는 이상 술을 많이 마시면 취하는 것은 보통 사람들과 다를 바 없다.

술 한 병을 비웠을 때 민수림은 일곱 잔, 부옥령은 다섯 잔을 마셨다.

독한 술을 잘 마시는 민수림은 끄떡없어도 태어나서 술을 처음 마시는, 더구나 민수림이 좋아하는 초강주를 다섯 잔이나 마신 부옥령은 묘한 기분에 사로잡혔다.

몸이 붕 떠오른 것 같기도 하고 가슴속에 가득했던 근심이나 여러 가지 잡생각들이 거의 다 사라졌

으며 괜스레 기분이 좋아져서 저절로 웃음이 나왔
다.

"본문에서 무슨 일을 하고 싶은가요?"

그래서 두 병째 술을 마시기 시작하면서 민수림이 넌지
시 묻자 부옥령은 빙그레 미소 지으며 내심에 있는 말을
거침없이 꺼냈다.

"소저의 그림자가 되고 싶습니다."

술을 마시지 않았으면 그런 말을 하지도 못했을뿐더러
설사 하더라도 매우 어려웠을 텐데 지금은 술김에 거침없
이 자신의 속내를 꺼내놓았다.

술이 취하기 시작한 사람과 맨정신으로 말짱한 사람의
대화가 이어졌다.

"어떤 그림자를 말하는 건가요?"

"호법(護法)이 되고 싶습니다."

"호법?"

민수림은 뜻밖이라는 표정을 지었다.

그녀는 부옥령이 설마 그런 요구를 할 줄은 예상하지
못했다.

"어느 문파나 방파든지 호법이 있잖습니까?"

소규모나 중간 정도 규모의 문파, 방파에는 호법이라는
지위가 없다.

그리고 대방파, 대문파가 돼야 좌우호법 혹은 태상호법

제도를 둔다.

"그렇지요."

민수림이나 부옥령 두 사람 다 영웅문을 대문파로 생각하고 있다.

민수림은 천군성에서의 일은 전혀 기억하지 못한다.

하지만 호법이 어떤 지위고 무엇을 하는지에 대해서는 잘 알고 있다.

그러나 민수림은 부옥령의 요구를 일언지하에 자르지 않았다.

"영웅문의 문주는 진검룡이에요. 호법을 선발하는 일이라면 그의 권한이지요."

부옥령은 눈을 크게 떴다.

"그렇다면 소저의 역할은 무엇입니까?"

민수림은 빙그레 미소 지었다.

"나는 문주를 보필하지요."

부옥령은 민수림이 그렇게 말할 때 두 눈에 행복한 기운이 가득한 것을 발견했다.

부옥령은 술이 확 깨고 심장이 툭 떨어져서 바닥을 뚫고 끝없이 하강하는 것을 느꼈다.

민수림은 문주를 '보필'한다고 말했는데 부옥령의 귀에는 '사랑'한다고 들렸다.

영웅문 모든 사람들이 천상옥녀를 '주모'라 부르고 두 사람이 마치 혼인이라도 한 것처럼 떠받드는 모습이 부옥령은 못내 언짢았었다.

부옥령이 아는 한 천상옥녀는 천하제일, 그리고 최고의 미녀가 분명하다.

천하의 수많은 여자들이 최고의 신랑감으로 첫손가락을 꼽는 대명제국의 효성태자를 발가락에 낀 때처럼 여기는 사람이 바로 천상옥녀였다.

그런 그녀가 천군성에서 만 리 이상 떨어진 이런 시골구석의 형편없는 문파에서 이름조차 들어본 적이 없는 사내의 정인을 자처하고 있으니 부옥령의 속에서 천불이 치밀지 않으면 그게 오히려 이상한 일이다.

그러나 다행하게도 점점 취해가던 부옥령의 정신을 민수림의 그 말이 일깨워 주었다.

부옥령은 정신이 번쩍 들어서 이제는 취하지 말아야겠다고 단단히 마음을 먹었다.

"그러면 문주의 허락이 떨어지면 제가 소저의 호법이 될 수 있습니까?"

"문주께서 허락하더라도 당신은 내가 아니라 문주의 호법이 되는 거예요."

"아……."

부옥령은 다시 한번 충격을 받고 말문이 막혀 버렸다. 당연한 일이지만 그녀는 진검룡이 아닌 천상옥녀의 호법이 되고 싶기 때문이다.

그래야지만 자신이 천상옥녀 곁에 그림자처럼 붙어 다니면서 그녀가 기억을 되찾을 수 있도록 이것저것 방법을 시도해 보지 않겠는가.

민수림의 잔이 비자 부옥령이 얼른 공손히 빈 잔에 술을 부으며 조심스럽게 말했다.

"제가 소저의 호법이 되는 것은 어렵겠습니까?"

"절대로."

"어째서 그렇습니까?"

"나는 호법이 필요 없으니까요."

부옥령은 주먹으로 손바닥을 쳤다.

"호법이 반드시 호위만 하는 것은 아닙니다."

"그럼 무엇을 하죠?"

부옥령은 손가락을 하나씩 꼽았다.

"호법은 주군의 최측근이라서 거의 모든 대소사들을 주군과 함께합니다. 첫째, 주군이 문파를 떠나 먼 길을 갈 때에는 호법이 동행을 합니다. 둘째, 크고 작은 대소사를 의논합니다. 셋째, 웬만한 일들은 주군을 대리합니다. 넷째, 호법이 있으면 대내외적으로 주군의 위엄이 살아납니다. 다섯째……."

"나는 그런 것들을 다 문주와 함께합니다."

"……."

부옥령은 입에서 끙! 소리가 나오려는 것을 겨우 참았다.

민수림은 살짝 미소를 지었다.

"당신의 일을 검룡에게 말하겠어요."

"저는 소저의……."

"못 들었어요? 나와 검룡은 거의 매일 붙어 있으니까 당신이 호법이 된다면 우리 두 사람의 호법이 되는 거예요."

"아……!"

민수림은 일어나서 밖으로 나갔다.

"자야겠어요."

그녀는 가타부타 말없이 자신의 방으로 가버렸다.

부옥령은 방으로 들어가는 민수림을 복잡한 표정으로 물끄러미 응시했다.

그때 민수림이 들어간 방의 문 앞에 서 있던 청랑이 부옥령에게 차갑게 말했다.

"나가라."

사십오 세의 부옥령이 봤을 때 청랑은 잘 먹어봐야 십오륙 세 어린 소녀라서 은근히 부아가 치밀었다.

그러나 지금 이곳에서 버릇없는 어린 소녀를 꾸짖으려고 소란을 피워봐야 자신에게 하나도 좋을 게 없다는 생각에 부옥령은 발길을 돌려 밖으로 나갔다.

第七十五章

생사현관 소통

민수림과 진검룡은 같은 공간에서 생활하고 있다.

들어가는 문은 하나이고 창은 여러 개이며 실내의 가운데 넓은 거실이 있으며, 거실 왼쪽은 민수림의 침상이, 거실 오른쪽에는 진검룡의 침상이 놓여 있다.

이렇게 설명하면 두 사람이 한방에서 자는 것 같지만 그렇다고 할 수는 없다.

이 층 한쪽의 주방을 제외하면 전체를 진검룡과 민수림, 청랑, 하선까지 네 사람의 방으로 사용하고 있기 때문이다.

네 사람이 공동으로 사용하는 방의 길이만 십오 장, 폭은 십여 장에 달하는데 보통 사람 열 명 이상이 생활해도 넉넉한 공간이다.

그 안에 진검룡과 민수림, 청랑, 하선의 침상 네 개가 있으며 거실과 의복 갈아입는 곳, 연공하는 곳 같은 것들이 그 안에 모두 들어 있다.

그러니까 엄밀하게 말하자면 문이 없을 뿐이지 그 공간이 네 사람의 생활공간이라서 식량만 공급해 주면 몇 달이고 생활하는 데 전혀 지장이 없다.

실내에 들어선 민수림이 진검룡 침상 쪽을 쳐다보자 바닥까지 길게 늘어진 얇은 비단 휘장 너머에서 그의 코 고는 소리가 은은하게 들려왔다.

아까 정소천 집에서 입에 쏟아붓듯이 술을 마시고 만취한 진검룡은 민수림의 부축을 받고 용림재로 돌아와서는 그때부터 인사불성 상태로 자고 있는 중이다.

탁!

청랑과 하선이 실내로 들어왔다.

민수림이 진검룡 침상에서 시선을 거두고 자신의 침상으로 향하자 청랑과 하선이 공손히 허리를 굽혔다.

"주모, 편히 주무세요."

민수림은 고개를 끄떡이고 자신의 침상으로 걸어갔다.

청랑과 하선은 둘 다 진검룡의 여종이라서 그의 침상

휘장 밖에 나란히 두 개의 침상이 있다.

민수림은 잠에서 깨어나 제일 먼저 진검룡이 운공조식을 하고 있는 기척을 감지했다.

그녀는 침상에 누워서도 실내에서 누가 무엇을 하고 있는지 훤하게 감지할 수 있다.

아직 동이 트지 않았는데 지난밤에 일찌감치 잠이 들어서 푹 잔 진검룡은 이른 새벽에 깨어 하루의 시작인 운공조식을 하고 있는 중이다.

민수림은 침상에서 내려와 하선이 떠 온 따뜻한 물로 세수를 하고 그녀의 도움으로 머리를 정돈한 후에 휘장을 걷고 나와서 진검룡이 있는 곳으로 걸어갔다.

그녀가 거실을 가로질러서 진검룡의 침상으로 걸어가고 있을 때 휘장 안쪽에서 묵직한 신음 소리가 새어 나왔다.

"으으음……."

휘장에서 다섯 걸음 떨어진 거실 바닥에 가부좌로 앉아서 운공조식을 하고 있던 청랑이 진검룡의 신음 소리를 듣는 순간 발딱 일어나고 있을 때 민수림은 이미 휘장 안으로 쏘아 들고 있었다.

민수림은 침상에 가부좌로 앉아 있는 진검룡의 몸이 격렬하게 떨리면서 코와 입, 귀, 눈에서 새빨간 피가 흐르는 것을 보고 크게 놀라며 부르짖었다.

"검룡!"

"아악! 주인님!"

뒤따라 달려 들어온 청랑은 진검룡을 보자마자 혼비백산해서 절규했다.

'주화입마!'

민수림은 진검룡을 보는 순간 어떻게 된 일인지 단번에 직감했다.

진검룡이 평소의 아침처럼 운공조식만 했으면 주화입마에 걸릴 리가 없다. 필경 무슨 다른 짓을 시도하다가 주화입마에 든 것이 틀림없다.

진검룡 체내에는 무진장의 순정기가 잠재되어 있어서 웬만한 일로는 끄떡도 없는데 운공조식을 하던 중에 무언가 굉장한 일을 당한 것 같다.

민수림은 즉시 진검룡의 손목 맥을 짚었다.

"……!"

그러나 그녀는 깜짝 놀라서 급히 손을 뗐다.

진검룡 체내에서 공력과 원기, 순정기, 혈기들이 제각각 미친 듯이 날뛰고 있어서 순간적으로 그에게 무슨 일이 생길까 봐 급히 손을 뗀 것이다.

'이게 도대체……'

총명함과 박식함이 하늘을 능가하는 민수림이지만 진검

룡 체내에서 지금 무슨 일이 벌어지고 있는 것인지 알지
못했다.

슥—

그녀는 다시 조심스럽게 진검룡의 완맥을 잡았다.

방금 전과 똑같이 여러 개의 각기 다른 기운들이 폭발
할 것처럼 날뛰고 있지만 그녀는 이번에는 손목을 놓지
않고 꼭 잡고 있었다.

방금 전에 그녀가 손목을 놓은 것은 진검룡이 어떤 상
황인지도 모르는 상황에 행여 그에게 해를 입히지나 않을
까 하는 우려에서였다.

그렇지만 민수림은 마냥 이대로 있을 수는 없다는 판단
에 다시 손목을 잡았고 이 정도로는 진검룡에게 해를 입
히지 않을 것이라는 확신이 생겼다.

그녀는 눈을 지그시 감고 현재 진검룡 체내에서 무슨
일이 벌어지고 있는 것인지 헤아리기 시작했다.

진검룡의 온몸은 더욱 와들와들 격렬하게 떨리고 코와
입, 눈에서 피가 콸콸 쏟아졌다.

모르긴 해도 그의 체내에서 무언가 굉장한 일이 벌어지
고 있는 것이 분명했다.

민수림은 마음이 급해서 정신이 어지러웠다.

지난번에 검황천문과의 싸움에서 중상을 입은 진검룡
이 혼자서 수백 명의 적들과 싸우고 있다는 보고를 들었

을 때보다 마음이 더 초조하고 다급했다.

이런 절박한 상황에서 민수림은 자신이 진검룡을 몹시 좋아하고 있음을 깨달았다.

조금 전까지만 해도 몰랐었는데 지금은 만약 진검룡에게 무슨 일이 생긴다면 그녀는 못 살 것 같다는 생각이 들었다.

'이것은……?'

눈을 지그시 감은 채 미간을 모으고 깊은 생각에 잠겨 있던 민수림이 한순간 움찔했다.

그녀는 진검룡 체내에서 벌어지고 있는 일이 무엇인지 마침내 알아냈다.

문득 그녀의 입가에 미묘한 미소가 떠올랐다.

'생사현관이라니…….'

진검룡은 평범하게 운공조식을 한 것이 아니라 생사현관 즉, 막혀 있는 임맥과 독맥을 소통시키려고 시도했다가 이 지경이 된 것이다.

진검룡은 예전에 민수림에게서 혈도에 대해서 배웠기 때문에 임맥과 독맥 즉, 임독양맥에 대해서 누구보다 잘 알고 있었을 것이다.

기경팔맥에 속해 있는 독맥(督脈)과 임맥(任脈)은 태어날 때는 서로 뚫려 있는 상태였지만 살아가는 과정에 세상의 혼탁한 음식과 공기 따위들을 접하여 점차 끝부분이 막혀서 그때부터 기혈이 통하지 않게 된다.

독맥은 입술 위 인중의 은교혈(斷交穴)에서 시작하여 위로 이어져 정수리의 백회혈(百會穴)과 뒤통수를 지나서 몸의 배후를 일직선으로 뻗어 내려 꼬리뼈의 장강혈(長强穴)에서 끝나는데 모두 합쳐서 이십칠 혈이다.

임맥은 턱의 승장혈(承漿穴)에서 시작하여 몸의 전면을 일직선으로 뻗어 내려 단전(丹田)이라고 말하는 기해혈(氣海穴)을 지나 사타구니의 항문 한 치 못 미쳐 회음혈(會陰穴)에서 끝나는데 모두 이십사 혈이다.

중요한 것은 태어나서 이르면 한 살, 늦어도 세 살 이전에 막혀 버리는 임독양맥의 혈도가 수십 년이 지나면서 완전히 굳어버린다는 사실이다.

임맥과 독맥의 시작과 끝부분이 막히는데 사람마다 다르지만 운이 좋으면 서너 개, 운이 나쁘면 대여섯 개 이상 열 개까지의 혈도가 굳게 막혀 있어서 인력으로 뚫는다는 것은 거의 불가능한 일이다.

결론적으로 말하자면 무림인들은 임맥과 독맥이 막혀 있기 때문에 무공을 익혀도 십분 발휘하지 못한다.

기경팔백이 다 중요한 혈도지만 그중에서도 가장 중요한 임맥과 독맥이 막혀서 운공조식을 할 때나 공력을 끌어올릴 때는 두 군데에서 따로 실행하기 때문이다.

그렇지만 만에 하나 임맥과 독맥이 소통된다면 공력은

물론이고 무공에 관한 모든 것들이 예전에 비해서 최소 두 배, 최대 네 배까지 급증하게 된다.

민수림은 진검룡이 운공조식으로 임독양맥을 소통시키려다가 힘에 부친 나머지 주화입마에 들기 직전의 상태에 처했을 것이라고 짐작했다.

무림사를 통틀어서 제 스스로 생사현관을 소통한 경우는 매우 드물다.

'이럴 때는 어떻게 해야 하지?'

그런데 민수림은 임독양맥을 어떻게 소통시켜 주는 것인지 주화입마에 드는 것을 어떻게 막는 것인지 도무지 기억이 나지 않았다.

기억을 잃기 전에 그녀에게 그런 것쯤은 그다지 어렵지 않은 일이었다.

그녀는 세차게 고개를 가로저었다.

'기억하려고 하면 안 돼!'

그녀는 지금까지의 경험으로 미루어 기억나지 않는 것을 억지로 기억하려고 하지 말고 그냥 물 흐르듯이 자연스럽게 몸이 하는 대로 맡기자고 생각했다.

그러면 그녀도 모르는 사이에 자연스럽게 해결된다.

"후우우……."

그녀는 크게 심호흡을 하고 나서 청랑에게 지시했다.

"검룡의 옷을 모두 벗기고 반듯하게 눕혀라."

무언가 생각나서 그러는 게 아니라 그냥 본능에 맡기려는 것이다.

민수림 뒤에서 울고 있던 청랑은 득달같이 달려들어 진검룡의 잠옷을 반은 벗기고 반은 찢으면서 순식간에 알몸으로 만들더니 침상에 눕혔다.

침상 옆에서 하선이 눈물 콧물 범벅이 되어 흐느끼면서 겨우 말했다.

"으흐흐흑……! 저는 뭘 할까요… 마님?"

하선은 너무 놀라고 슬픈 나머지 주모라고 불러야 하는데 마님이라고 해버렸다.

"조용해라."

민수림의 꾸중에 청랑과 하선은 숨을 죽이고 침상 옆에 나란히 섰다.

진검룡은 누운 채 혼절한 상태에서 온몸을 부들부들 거세게 떨어댔다.

온몸에서 꾸역꾸역 검붉고 끈적끈적한 액체가 흘러나와 그의 몸과 침상을 적셨는데 지독한 악취가 풍겼다.

민수림이 진검룡의 임독양맥을 소통시키기 시작한 지 두 시진이 지나가고 있는 중이다.

임독양맥은 시작한 지 반시진 만에 소통시켰으며 이후 환골탈태(換骨奪胎)를 성공시키고 현재 마지막으로 벌모세수(伐毛洗髓)를 시켜주고 있다.

환골탈태는 말 그대로 뼈를 바꾸고 태를 빼내는 것이다. 온몸 수백 개의 뼈와 뼈마디, 뼛속은 물론이고 근육과 내장, 온갖 장기들까지 최상의 것들로 만드는 것이다.

보통 사람이 환골탈태를 하면 반신반인(半神半人)이 되어 이백 살까지 무병장수한다.

그리고 무림인이 환골탈태하면 아무리 난해한 절학이라도 어렵지 않게 터득하고 일단 초식을 전개하면 예전에는 한 번도 경험한 적이 없는 진가를 발휘하게 된다.

벌모세수는 온몸 속속들이 켜켜이 쌓여 있는 온갖 찌꺼기들을 몸 밖으로 배출시키는 것이다.

벌모세수를 하고 나면 체내에 한 점의 찌꺼기도 남아 있지 않으므로 공력이든 진기든 영약이든 무엇이든지 완벽하게 받아들일 수가 있다.

그런데 민수림이 진검룡의 임독양맥을 소통시키고 환골탈태를 해준 것으로도 모자라서 내친김에 벌모세수까지 해주고 있는 것이다.

벌모세수는 환골탈태처럼 두 손에 공력을 주입하여 진검룡의 온몸을 구석구석 주무르고 두드리면서 때로는 공력을 뿜어내고 때로는 빨아들이면서 체내의 온갖 불순물

들을 몸 밖으로 배출시키는 것이다.

지금 진검룡은 누운 자세로 침상에서 두 자 높이로 뜬 상태에서 움직이지 않았다.

민수림이 공력으로 그의 몸을 허공에 띄워서 고정시켰다. 그녀가 허공을 격한 상태에서 두 손을 번개같이 움직이면 한 자 앞 그의 몸이 움푹움푹 들어가거나 두들겨 맞은 것처럼 살이 출렁거린다.

스으으…

누운 자세였던 진검룡의 몸이 천천히 뒤집어지면서 몸의 앞면이 아래로 향했다.

푸아악!

순간 그의 벌어진 입에서 검붉은 액체 덩어리가 좌악! 쏟아지며 사방으로 튀었다.

액체 덩어리는 침상에 책상다리로 앉아 있는 민수림의 얼굴과 몸에 제일 많이 튀었다.

이번만이 아니다. 벌모세수를 시작했을 때부터 지금까지 수십 번에 걸쳐서 튀고 뒤집어쓴 시커먼 액체 때문에 민수림의 꼴은 말이 아니다.

그 덕분에 민수림의 절세적인 미모는 간데없고 진검룡이 토하거나 몸에서 배출한 시커먼 액체로 도배를 한 형편없는 몰골이 됐다.

진검룡의 몸은 느릿하게 빙글빙글 회전을 했다.

얼굴이 아래로 향했다가 위로 향하기도 하고, 그러면서
바람개비처럼 가로로 회전을 했다.

실내에서는 견디기 힘든 악취가 진동했지만 어느 누구
도 인상을 쓰지 않았다.

아예 그런 악취가 나지 않는 것처럼 세 여자는 뚫어지
게 진검룡만 주시했다.

그러다가 어느 순간 진검룡의 회전이 뚝 정지했
다.

그러고는 침상으로 스르르 하강하여 살며시 눕혔
다.

그제야 민수림은 현란하게 움직이던 두 팔을 멈추고 아
래로 내렸다.

"하아아……."

두 눈하고 이만 반짝거리는 그녀의 입에서 긴 한숨이
새어 나왔다.

＊　　　　＊　　　　＊

초절정고수인 그녀지만 쉬지 않고 연달아서 진검룡의
임독양맥을 소통시키고 환골탈태와 벌모세수를 시켜주었
으므로 거의 탈진 상태에 이르렀다.

시커먼 액체투성이인 진검룡은 눈을 감은 채 미동도 하

지 않고 누워 있다.

청랑이 떨리는 목소리로 물었다.

"주모, 주인님께선 괜찮으신 건가요?"

청랑은 지금 민수림이 진검룡에게 해주고 있는 것이 무엇인지 모른다.

민수림은 심호흡을 하고 나서 대답했다.

"세 시진 후에 깨어날 것이다."

민수림은 진검룡의 단전이 제 스스로 운공조식을 하도록 만들어놓았다.

그렇게 해서 임독양맥의 소통과 환골탈태, 벌모세수를 온전히 자신의 것으로 만드는 데 도합 세 시진이 소요될 것이라고 계산했다.

민수림은 침상에 올라앉은 지 세 시진 만에 침상 아래로 내려서며 말했다.

"씻겠다."

"준비할게요!"

하선이 구르듯이 침실 밖으로 달려 나갔다.

민수림은 휘장 밖으로 나가면서 진검룡을 가리키며 청랑에게 지시했다.

"그이를 깨끗이 씻겨라."

청랑은 깜짝 놀랐다.

"제가 말입니까?"

"그럼 내가 하랴?"

청랑은 망설임 없이 고개를 끄떡였다.

"그래야 하는 거 아닙니까?"

민수림은 어이없는 표정을 지었다.

"어째서 그렇지?"

"주모께선 주인님의 정인이시니까요."

"……."

민수림은 말문이 막혔다.

"주모께선 주인님의 정인이 아닌가요?"

진검룡이 듣고 싶어 하는 물음을 청랑이 했다.

민수림은 진지한 표정을 지었다.

"맞다."

"그러니까 주모께서 주인님을 씻기셔야죠. 정인이 정랑을 씻기는 것은 당연한 일이 아닌가요?"

원래 청랑은 공손한 것하고는 거리가 먼 소녀다.

올해 들어 어엿한 이십 세가 된 소녀가 십오 세 어린 얼굴 모습을 하고 있는 것부터 심상치 않았다.

민수림은 쏘는 듯이 청랑을 응시했다.

"너는 검룡의 무엇이냐?"

"종입니다."

"종이 주인의 몸을 씻기는 것이 맞지?"

"맞습니다."

"얘기 끝났다."

민수림이 돌아서려는데 청랑의 낭랑한 목소리가 뒷덜미를 살짝 붙잡았다.

"씻길 줄 모릅니다."

민수림은 어이없어하는 표정을 지었다.

"나는 알 것 같으냐?"

"저보다 나이도 많고 경험이 많으시잖습니까?"

"나는 기억을······."

민수림은 말을 흐렸다.

그녀가 기억을 잃었다는 사실은 진검룡 혼자만 알고 있는 사실이다.

"정인과 여종 둘 중에 누가 검룡을 씻겨야 하느냐?"

누가 진검룡을 씻길 것이냐를 두고 아웅다웅하는 민수림은 청랑에 비해서 나을 게 하나도 없는 것 같다.

그때 뒤에서 하선의 목소리가 들렸다.

"이 층에는 목욕통이 하나뿐입니다. 주모께서는 아래층에 내려가서 씻으시겠어요?"

그렇다.

이 층에는 커다란 목욕통이 하나뿐이어서 진검룡과 민수림은 돌아가면서 목욕을 했었다.

"아래층 목욕통은 비어 있느냐?"

"사모(師母)께서 목욕하고 계세요."

원래 민수림은 아래층에는 한 번도 내려간 적이 없는데 아래층 목욕통을 사용한다는 것은 더욱 거북한 일이다.

하선이 조심스럽게 말했다.

"이 층 목욕통에 더운물을 받고 있어요."

이 층 목욕통은 매우 커서 둘레가 무려 오 장이나 된다.

커다란 목욕통 속에서 무공수련을 하면 좋을 것이라면서 진검룡이 지시했는데 그는 한 번도 목욕통 속에서 무공수련을 한 적이 없었다.

진검룡을 씻기는 일을 청랑이나 하선에게 맡긴다고 해도 어차피 세 여자도 다 씻어야 하니까 족히 한 시진 이상은 걸릴 터이다.

민수림은 침상에 누워 있는 진검룡을 쳐다보았다.

그가 깨어나려면 앞으로 세 시진이나 더 있어야 한다는 사실에 그녀는 살짝 용기가 생겼다.

그녀는 목욕통이 있는 주방 쪽으로 걸어가면서 항거하기 어려운 목소리로 말했다.

"우리 넷이 함께 목욕하자."

뜨거운 물이 가득 담긴 커다란 목욕통에 네 사람이 들어가서 씻기 시작했다.

목욕통이 얼마나 큰지 네 사람이 들어갔는데도 남은 공간이 넉넉했다.

세 여자는 처음에는 어색했으나 민수림이 잠자코 있으니까 오래지 않아서 익숙해졌다.

기억을 잃기 전의 민수림은 하녀들이 그녀를 씻겼지만 이곳에서는 그녀 스스로 목욕을 했다.

누가 자신의 몸에 손대는 것이 극도로 싫었기 때문이다. 그래서 진검룡이 그녀를 만지려다가 번번이 얻어터져서 골병이 들었던 것이다.

목욕통 안 한쪽에 앉아서 뜨거운 물 위로 어깨 위쪽만 내놓은 채 몸에 뜨거운 물을 끼얹으며 씻고 있는 민수림의 표정이 점점 변해갔다.

벌거벗은 청랑과 하선이 똑바로 앉혀놓은 진검룡의 몸을 양쪽에서 씻어주는 광경을 보면서 민수림은 처음에는 별다른 느낌이 없었다.

그런데 시간이 지날수록 기분이 점점 묘해졌다.

청랑과 하선이 진검룡의 알몸을 구석구석 만지면서 씻기는 광경이 아주 기분 나빴다.

청랑과 하선은 자신들 씻는 것은 뒷전이고 진검룡을 씻기는 일에 열중이다.

아까 청랑은 민수림더러 진검룡을 씻기라고 아우성을 치더니 지금은 언제 그랬느냐는 듯이 눈을 반짝반짝 빛내고 콧소리를 내면서 열심히 그의 몸을 닦고 있다.

그녀의 그런 모습을 보니까 누가 방해라도 하면 사생결단이라도 할 것 같았다.

민수림은 그런 광경을 보고 있는데 어째서 기분이 점점 나빠지는 것인지 알 수가 없다.

그래서 그녀는 그 이유를 캐내려고 하기보다는 그 감정에 충실하기로 마음먹었다.

"둘 다 비켜라."

청랑과 하선은 민수림을 쳐다보았으나 하던 일을 멈추지는 않았다.

민수림은 발끈해서 빽 소리쳤다.

"비키라는 말 못 들었느냐?"

"앗!"

하선은 놀라서 급히 물러났지만 청랑은 만만하지 않았다. 그녀는 민수림을 보면서 따지고 들었다.

"주인님을 씻기기 싫으시다면서요?"

민수림은 아까 자신이 정말 그랬기 때문에 조금 당황해서 말문이 막혔다.

원래 그녀는 지나칠 정도로 이성적인 성격이라서 억지

를 부리지 않는다.

청랑은 어떠냐는 듯 턱을 살짝 치켜들었다가 다시 진검룡의 몸을 씻으려고 했다.

양쪽 아미가 살짝 치켜 올라간 민수림이 카랑카랑한 고함을 터뜨렸다.

"네년이 죽고 싶은 것이냐?"

"……."

청랑은 동작을 뚝 멈추고 움찔 놀란 얼굴로 민수림을 쳐다보았다.

청랑이나 하선은 매사에 이성적이고 차분한 민수림이 이렇게 화를 내는 모습을 처음 보았다.

청랑은 민수림이 조금 더 화가 나면 자신에게 무슨 일이 생길 것이라고 직감하여 말없이 하선 옆으로 슬그머니 물러났다.

그런데 민수림은 자신이 발칵 소리를 지른 것 때문에 깜짝 놀랐다.

그리고 자신이 이 정도 일로 화를 내고 소리를 질렀다는 사실을 깨닫고 더 놀랐다.

하지만 기왕지사 내친걸음이고 더 이상 진검룡을 청랑과 하선에게 맡길 수 없기에 더욱 강하게 밀고 나갔다.

"너희들은 거기에서 씻어라."

물색없는 청랑이 생뚱맞게 물었다.

"주모께서 주인님을 씻기시렵니까?"

"그렇다."

"하실 수 있겠습니까?"

민수림은 버럭 소리 질렀다.

"너희가 하는 것을 내가 어찌 못 하겠느냐?"

목욕통 안에 기대어 앉아 있는 진검룡은 그 소리에 정신을 번쩍 차렸다.

그는 아주 살짝 눈을 떴다가 맞은편에 앉은 노한 표정의 민수림이 양쪽에 앉은 청랑과 하선을 꾸짖고 있는 모습을 발견하고 얼른 눈을 감았다.

그는 아주 잠깐 본 광경으로 자신이 있는 이곳이 목욕통 안이라는 사실을 깨달았다.

그는 자신이 왜 목욕통 안에 그것도 민수림, 청랑, 하선과 함께 들어와 있는 것인지 짐작조차 하지 못했다.

하지만 자신과 세 여자들이 모두 알몸이라는 사실을 잠깐 봤는데도 알 수 있었다.

그가 다시 눈을 살며시 뜨려는데 민수림의 목소리가 들리면서 빠르게 가까워졌다.

"내가 검룡을 씻길 테니까 너희들은 거기에서 씻고 있어라."

진검룡은 말소리와 함께 부드러운 손길이 어깨에 닿는 것을 느끼며 혼이 달아날 정도로 대경실색했다.

'으으… 제발……'

그는 자신이 깨어난 사실을 민수림이 알아차리지 못하기를 간절히 빌었다.

하지만 그런 간절함은 한낱 물거품과도 같은 것이다. 진검룡하고는 비교조차 할 수 없는 초절정고수인 민수림을 대체 어떻게 속일 수 있다는 말인가.

그렇다고 해도 이런 천재일우의 기회를 가만히 있다가 깨뜨릴 수는 없다.

하는 데까지는 해보는 거다.

그는 쿵쾅거리는 심장박동을 가라앉히려고 애썼다.

이런 상황에서는 아예 심장이 이대로 정지해도 좋다고 생각할 만큼 절박했다.

그러고는 당연히 씨근거리고 있을 호흡을 억누르고 죽은 듯이 늘어졌다.

민수림이 무슨 의도로 목욕통 속에서 나신으로 다가와 그를 씻긴다는 것인지는 모르지만 이런 상황에 그가 깨어 있다는 사실을 그녀가 알게 된다면 그는 죽은 목숨이다.

하지만 그가 제아무리 발악을 하더라도 민수림이 알아

차리지 못할 리가 없다.

민수림의 어설픈 손놀림이 진검룡의 어깨에서 가슴으로 이어졌다.

"……."

진검룡은 조마조마하면서도 민수림의 부드러운 손길을 위험스럽게 즐겼다.

'내가 깨어 있다는 사실을 수림이 어떻게 모를 수가 있는 거지? 그게 가능해?'

그는 자신의 임독양맥이 소통되고 환골탈태를 했으며 벌모세수까지 이루어졌다는 사실을 꿈에도 모르고 있다.

그래서 자신에게 어마어마한 능력이 생겼으며 심장박동을 아예 정지시키고 호흡을 멈추게 해서 상대를 감쪽같이 속이는 것쯤은 손바닥을 뒤집는 것보다 쉬운 일이라는 사실을 알지 못했다.

그날 진검룡은 살아 있는 상태로 천국에 다녀왔다.

민수림은 커다란 체구의 진검룡을 씻기느라 거의 반시진 동안 진땀을 뺐다.

진검룡은 깨끗한 속곳과 백의 경장이 입혀진 채 침상에 반듯한 자세로 누워 있다.

민수림이 반시진에 걸쳐서 그를 깨끗하게 목욕시켰을 뿐만 아니라 속곳과 백의 경장까지 직접 다 입혀주었다.

그래서 진검룡은 정신이 몽롱해질 정도로 기분이 좋아졌다.

아까 진검룡은 자신이 어째서 목욕통 안에 있는지에 대해서 알게 되었다.

아니, 자세한 것은 모르지만 그와 민수림, 청랑, 하선의 몸이 한꺼번에 더러워져서 씻길 수밖에 없는 상황이었다는 사실을 청랑과 하선의 대화를 듣고 알게 되었다.

민수림이 아무리 초극고수라고 하지만 목욕통 물속에서 자신보다 거의 두 배 가깝게 큰 체구인 진검룡의 몸을 씻긴다는 것은 결코 쉬운 일이 아니었다.

침상에 반듯하게 누운 진검룡은 아까 목욕통 속에서 민수림과 함께 벌였던 흥미진진한 목욕 상황을 회상하다 보니까 저절로 입가에 흐뭇한 미소가 떠올랐다.

"어머? 주인님께서 주무시면서 웃으셔요!"

그때 하선의 짤랑거리는 외침이 들렸다.

침실로 막 들어오던 하선이 진검룡이 헤벌쭉 웃는 모습을 발견한 것이다.

'아…….'

진검룡은 정신이 번쩍 들었다.

민수림이 자신을 씻겨주던 일을 되살리면서 몽롱한 정
신상태가 되었는데 그의 무공이 제아무리 고강한들 무슨
소용이 있겠는가.

몸을 지배하는 것이 정신이다.

넋이 빠져 있으면 초극고수도 삼류무사에게 당할 수가
있다.

"주모, 주인님께서 좋은 꿈을 꾸시나 봐요."

민수림도 들어오는 것 같아서 진검룡은 얼굴에서 웃음
기를 지우려다가 계속 싱글벙글 웃었다.

갑자기 정색을 하게 되면 그가 깨어 있다는 사실을 들
킬 것이기 때문이다.

그래서 그가 자면서 꿈을 꾸는 것처럼 싱글벙글 계속
웃자 청랑의 목소리가 들렸다.

"주모, 주인님께서 예전과 달라진 것이 있으십니
까?"

"그건 왜 묻는 거지?"

"제가 제대로 알고 있어야지만 주인님을 제대로 보필할
수 있지 않겠습니까?"

청랑의 말이 반박의 여지 없이 사실이라서 민수림이 나
직한 어조로 설명해 주었다.

"아까 내가 발견했을 때 검룡은 임독양맥을 소통시키려다가 실패해서 주화입마에 들고 있었다."

"아! 그렇습니까?"

第七十六章

알대일 대결

진검룡은 민수림의 말을 듣자 아까 운공조식을 하던 일이 불현듯 생각났다.

　깨어나자마자 민수림이 목욕통 속에서 자신을 씻기는 모습을 발견하는 바람에 그 일을 까맣게 잊고 있었던 일이다.

　그 당시에 그는 운공조식을 하다가 문득 임독양맥을 소통시켜 볼까 하는 생각이 들었다.

　왜냐하면 영단강전투 때 그는 자신이 그다지 고강하지 않다는 사실을 자각했기 때문이다.

　그가 고강하다고 인정하는 사람은 천하에서 오로지 민

수림 한 사람뿐이다.

그래서 그는 자신의 무공을 두 배 이상 급증시켜 줄 임독양맥의 소통이 절실하게 필요하다고 판단했다.

그래서 운공조식을 하다가 내친김에 임독양맥 소통을 시도했으며 그랬다가 주화입마에 들기 직전의 상황에 빠져 버렸던 것이다.

아니, 그는 그것이 주화입마인 줄도 몰랐었다.

그저 온몸이 폭발할 것처럼 팽팽해졌으며 정신이 아득해지면서 혼절하고 있었기 때문이다.

그러니까 민수림이 임독양맥을 소통시켜 줄 때 그는 이미 혼절한 상태였으니까 아무것도 모르는 것이 당연하다.

'바보 같은 놈. 임독양맥을 소통하려다가 실패하고 까무러친 주제에 뭐가 좋다고 시시덕거리는 것이냐?'

그 생각을 하니까 그는 조금 전까지 좋아서 싱글벙글했던 것이 부끄러워졌다.

그때 민수림의 사근거리는 잔잔한 목소리가 그의 귓전을 살랑살랑 스쳤다.

"주화입마에서 검룡을 구하려면 임독양맥을 소통시키는 방법뿐이었다."

"그래서 주인님의 임독양맥을 소통시키셨나요?"

"그래."

순간 진검룡은 소스라치게 놀라서 벌떡 일어나 앉으며
비명처럼 소리 질렀다.

"뭐라고?"

"앗!"

"꺅!"

침상 옆에 서 있던 청랑과 하선은 소스라치게 놀라서
비명을 질렀고 민수림도 깜짝 놀라는 표정을 지었다.

민수림은 실내에 들어오자마자 진검룡을 봤지만 그가
깨어 있다고 생각할 만한 기척이 전혀 없어서 자고 있는
것이라고만 여겼었다.

진검룡은 침상 앞에 서 있는 민수림의 손을 덥석 잡고
다그치듯이 물었다.

"수림! 정말 내 생사현관을 소통했습니까?"

민수림은 자신이 예상했던 것보다 진검룡이 더 놀라고
흥분하는 모습을 보고 빙그레 엷은 미소를 지었다.

"그래요. 검룡은 임독양맥이 소통됐어요."

"아아……."

진검룡은 민수림의 손을 잡은 채 너무 기뻐서 몸을 부
르르 세차게 떨었다.

민수림은 잔잔하게 미소 지으며 말해주었다.

"그리고 내친김에 검룡의 신체를 환골탈태와 벌모세수
까지 시켜주었어요."

"그… 게 뭡니까?"

진검룡은 환골탈태와 벌모세수가 좋은 것이라는 느낌만 들었을 뿐 그게 무엇인지 알지 못했다.

민수림은 진검룡에게 잡힌 두 손을 빼려고 하지 않으며 환골탈태와 벌모세수에 대해서 차분히 설명했다.

청랑과 하선도 환골탈태와 벌모세수에 대해서 모르고 있었기에 민수림의 설명을 들으면서 크게 놀랐다.

설명이 끝나자 진검룡은 거의 혼비백산하는 표정을 지으며 말을 하지 못했다.

"아아……."

민수림은 그 모습을 보면서 그의 내심이 어떨지 짐작하고 빙그레 미소를 지었다.

청랑과 하선은 크게 기뻐하면서 진검룡에게 넙죽 허리를 굽히며 축하해 주었다.

"주인님! 경하드립니다!"

진검룡은 그녀들의 외침에 정신이 번쩍 들어서 민수림의 허리를 와락 끌어안으며 외쳤다.

"수림! 고맙습니다!"

"앗!"

그런데 진검룡이 세게 끌어안는 바람에 민수림은 그와 한 덩이가 되어 침상에 쓰러지고 말았다.

진검룡이 민수림의 두 팔까지 같이 끌어안았기 때문에

그녀는 저항을 하거나 빠져나오지 못한 채 그의 몸 위에서 바둥거리기만 했다.

"아아… 검룡, 나를 놔주세요……!"

"싫습니다. 지금은 너무나 기뻐서 수림을 잠시만 이렇게 안고 싶습니다."

"검룡, 정말……."

손을 사용할 수 있어야지만 그를 쉽게 밀어낼 수 있을 텐데 그러지 못하니까 그녀는 계속 버둥댈 뿐이다.

더구나 두 사람의 얼굴이 맞붙을 것처럼 가까운 데다 진검룡이 일부러 고개를 들고 입술을 삐죽거리는 것이 아무래도 입맞춤을 하려는 것 같았다.

청랑과 하선은 전적으로 진검룡 편인 데다 평소에 여신처럼 존엄한 민수림이 진검룡에게 안겨서 바둥거리는 모습이 재미있어서 손으로 입을 가리고 키득거렸다.

진검룡은 공력을 일으켜서 민수림이 빠져나가거나 자신을 공격하지 못하도록 봉쇄했다.

민수림은 진검룡의 입술이 자신의 입술에 닿으려고 하자 놀라서 급히 고개를 돌렸다.

그 바람에 진검룡의 입술은 그녀의 뺨에 닿았다.

그녀는 엄한 목소리로 전음을 했다.

[검룡, 놓지 않으면 혼낼 거예요.]

진검룡은 두 팔에 더욱 힘을 주면서 의기양양하게 전음

을 보냈다.

[내가 임독양맥이 소통됐다는 사실을 잊은 겁니까? 이제는 수림도 나를 어쩌지 못할 겁니다.]

그의 목소리는 콧노래를 부르는 것처럼 흥겨웠다.

사실 그의 솔직한 심정은 이제부터는 민수림에게 못된 짓을 해도 그녀에게 두들겨 맞지 않을 것이라는 사실이 제일 좋았다.

민수림보다 고강해져서 무림을 평정하든가 영웅문을 천하제일문으로 만드는 일 같은 것은 아무래도 좋다.

그의 가장 큰 소원은 민수림을 마음먹은 대로 원 없이 만지고 입맞춤을 하는 것이다.

진검룡은 민수림을 안은 상태에서 두 손을 깍지 끼며 득의하게 말했다.

[어디 한번 해보십시오.]

그의 말이 끝나자마자 밀착됐던 민수림의 몸이 진검룡에게서 떨어지기 시작했다.

"어… 어?"

민수림이 떠오르자 그녀의 몸을 두 손으로 깍지 껴서 끌어안고 있는 진검룡도 따라서 일으켜져 두 사람은 침상 앞 바닥에 마주 보고 서게 되었다.

그 상태에서 민수림의 몸 앞면이 진검룡에게서 조금씩 점점 멀어졌다.

진검룡은 공력을 극한으로 일으켜서 죽을힘을 다해 민수림을 끌어안았다.

"이익!"

임독양맥이 소통된 진검룡의 공력은 현재 사백 년을 웃돌기 때문에 민수림을 충분히 옭아맬 수 있을 것이라고 자신했다.

그런데 그게 아니다. 그녀는 여전히 진검룡보다 고강했다.

뚜두둑…….

"우읏……!"

진검룡 두 팔에서 뼈마디 늘어나는 소리가 났다.

민수림의 몸은 진검룡에게서 반 자 이상 멀어졌는데도 계속 더 멀어졌다.

뚜뚜둑…….

진검룡이 이를 악물고 힘을 주는데도 어깨와 팔꿈치 손목에서 뼈마디 빠지는 소리가 들렸다.

"수… 수림… 팔 부러집니다."

급기야 진검룡이 우는소리를 했다.

팔이 빠지거나 부러지지 않으려면 손깍지를 풀면 간단할 텐데 그는 고집스럽게 풀지 않았다.

민수림은 아무 말도 하지 않고 선 채 뒤로 느릿하게 계속 물러났다.

진검룡이 손깍지를 풀지 않아서 팔이 부러지든 어깨가 뽑히든 상관하지 않는다는 뜻이다.

진검룡과 민수림의 사이가 두 자로 멀어졌다.

"으으으……."

진검룡은 어금니를 악물고 버텼다.

그는 설마 민수림이 자신의 팔을 뽑거나 부러뜨리겠느냐고 믿었다.

뚜거걱… 뚜뚝……!

그러다가 장난처럼 아주 간단하게 그의 두 팔이 어깨에서 쑥 뽑히고 팔꿈치의 뼈마디가 탈골됐다.

"으아악!"

그가 처절하게 비명을 지르자 청랑이 급히 그의 손깍지를 풀어주었다.

진검룡은 두 팔이 아래로 축 늘어져서 덜렁거리자 울상을 지으며 징징거렸다.

"으으으… 수림, 이거 보십시오."

민수림은 그를 보며 조용히 말했다.

"내가 그런 건가요?"

그녀의 반박에 진검룡은 대꾸할 말이 없어서 오만상을 쓰며 가만히 있었다.

"임독양맥을 소통시켜 주고 환골탈태와 벌모세수까지 해주었는데 검룡은 내게 이런 식으로 보답하는군요?"

"수림……."

진검룡은 비수가 심장에 깊숙이 꽂힌 듯한 충격을 받고 움찔 몸을 떨었다.

민수림은 몸을 돌려 밖으로 나갔다.

진검룡은 그녀를 잡지도 못하고 멍하니 서 있을 뿐이다.

민수림의 말이 백번 옳다.

그녀가 애써서 진검룡의 임독양맥 소통과 환골탈태, 벌모세수라는 엄청난 선물을 해줬는데 그는 배은망덕하게도 그녀를 끌어안고 엉큼한 수작을 부렸으니 팔이 아니라 척추가 부러져도 싸다.

하선은 진검룡의 축 늘어진 두 팔을 보고 펑펑 울면서 발을 동동 굴렀다.

"아아… 어떻게 하면 좋아요… 주인님……."

진검룡은 자신의 두 팔 어깨와 팔꿈치가 탈골된 것보다 민수림이 화를 내고 나간 것이 더 걱정스러웠다.

청랑은 민수림이 나간 문을 쳐다보면서 못마땅한 듯 입술을 삐죽거렸다.

"주모는 너무 매정하세요. 그까짓 주인님께서 끌어안고 입맞춤 좀 하려는 게 무슨 죽을죄라고 주인님을 이 지경으로 만드는 거죠?"

"그러지 마라. 수림은 잘못한 거 없다."

청랑은 두 손을 허리에 얹고 민수림을 성토했다.

"주모께서 주인님께 다정하게 대하는 것을 한 번도 본 적이 없어요."

청랑은 말을 하는 동안 점점 화가 났다.

"주인님은 어째서 참고만 계시는 건가요? 왜 매일 당하시면서 주모를 만지시려는 거죠? 주모는 만지는 거 싫어하는데 말이에요. 주인님께선 여자를 만지는 게 그렇게 좋으세요? 그럼 차라리 저를 만지세요. 아니면 선아를 만지든가요."

청랑은 울고 있는 하선을 쳐다보았다.

"선아, 너는 주인님께서 만지고 뽀뽀해도 괜찮지?"

하선은 울면서 고개를 끄떡였다.

"흑흑흑……! 저는 주인님 소유니까 주인님께서 무슨 짓을 하셔도 괜찮아요……."

청랑은 진검룡 앞으로 바싹 다가서서 손바닥으로 자신의 가슴을 탁탁! 쳤다.

"저도 그래요, 주인님. 그러니까 이제부터는 만지고 싶거나 뭔가 하고 싶으시면 저희에게 하세요. 네?"

진검룡은 어이없다는 듯 웃었다.

"이놈들아, 말이 되는 소리를 해라."

"어째서 말이 안 되죠?"

"내가 사랑하는 사람은 수림이지 너희가 아니다."

"꼭 사랑해야지만 만지는 건가요?"

"사랑하지도 않는 사람을 왜 만지느냐?"

청랑은 지지 않았다.

"그럼 주인님께서 저희를 사랑하시면 되잖아요?"

"인석아, 억지 부리지 마라."

"그게 어째서 억지라는 거죠?"

진검룡은 차분하게 타일렀다.

"사랑은 일방적인 것이 아니다. 내가 너희를 사랑하면 너희도 나를 사랑해야 하는 것이다. 그게 사랑이다. 그런데 너희는 나를 사랑하느냐?"

청랑과 하선이 두 주먹을 부르쥐고 동시에 외쳤다.

"주인님을 사랑해요!"

"인석들이……."

진검룡은 말이 통하지 않는 그녀들과 왈가왈부하지 않고 공력을 일으켜서 두 팔에 주입했다.

스슥… 뚜둑…….

탈골됐던 어깨와 팔꿈치가 원래대로 딱 들어맞았다.

팔 부러진다고 비명을 지르면서 엄살을 떨었지만 사실 별것 아니었다.

진검룡이 용림재 집을 나서는데 저만치 시냇가 나무에 기대서 기다리고 있던 부옥령이 급히 달려왔다.

"문주."

진검룡은 어제 봤던 정소천의 누님이 어째서 자신을 찾아온 것인지 궁금했다.

"무슨 일이오?"

부옥령은 진검룡을 같잖게 여기고 있지만 어떻게 해서든지 호법이 되어야 하며 그의 허락이 있어야 하기에 최대한 정중한 자세를 취했다.

"호법이 되고 싶습니다."

밑도 끝도 없는 말에 진검룡은 의아한 표정을 지었다.

"누구 호법 말이오?"

부옥령은 두 손을 앞으로 모아서 최대한 공손하게 진검룡을 가리켰다.

"문주의 호법입니다."

진검룡은 벙긋 웃었다.

"나는 호법 필요 없소."

"영웅문 같은 대문파에는 호법이 반드시 필요합니다."

부옥령은 민수림에게 했던 것과 똑같은 설명을 더욱 열

성적으로 했다.

귀가 얇은 탓에 누구에게나 곧잘 설득당하는 성격인 진검룡은 설명을 다 듣고 나서 고개를 크게 끄떡였다.

"듣고 보니까 호법이 꼭 필요하군요."

*   *   *

진검룡은 팔짱을 끼고 부옥령을 응시했다.

"호법이 되려면 그만한 실력이 있어야 할 것이오. 아무나 호법에 임명할 수는 없지 않겠소?"

부옥령은 자신 있는 표정으로 고개를 끄떡였다.

"물론입니다. 학문이든 경륜이든 무공이든 무엇이라도 시험하십시오."

진검룡은 부옥령의 말에 뜻밖이라는 표정을 지으며 그녀를 쳐다보았다.

그녀의 자신만만한 언행 때문이다. 그런 말투와 자신감을 진검룡은 민수림에게서 자주 봤었다.

또한 그는 이날까지 민수림보다 고강하고 또 박식한 사람을 한 번도 본 적이 없는데 부옥령에게서 민수림과 비슷한 느낌을 받아서 조금 흥미를 느꼈다.

진검룡은 가볍게 고개를 끄떡였다.

"그럼 무공을 시험해 보겠소."

그는 아는 것이 별로 없으며 경험도 일천하기에 시험할 수 있는 것은 무공뿐이다.

"하십시오."

부옥령은 진검룡이 무식해서 학식이나 경륜이 아닌 무공을 시험하는 것이라고 생각했다.

그런 생각을 하니까 그가 더욱 벌레처럼 하잘것없는 존재라는 생각이 들어서 입가에 비웃음이 떠오르려는 것을 간신히 참아야만 했다.

부옥령은 진검룡이 무공을 전개하는 것을 본 적이 없지만 자신에 비해서 아주 한참 하수일 것이라고 짐작했다.

그녀가 전광신수라는 별호를 한 번도 들어본 적이 없다는 것은 진검룡의 무공이 형편없다는 뜻이다.

그녀는 그래도 한 지방에서 내로라하는 특급 일류고수의 별호는 대충 알고 있다.

부옥령은 느긋한 기분으로 진검룡이 어떻게 무공을 시험할 것인지 기다렸다.

진검룡은 민수림이 혹시 근처에 있지 않을까 둘러보면서 부옥령에게 말했다.

"두 가지 방법 중 하나를 고르시오."

"무엇입니까?"

지금 부옥령이 제일 어려워하는 것은 진검룡을 너무도 하찮게 여기고 있는데 그것을 감추고 있는 일이다.

　그럴 수만 있다면 벌레를 손가락으로 쿡! 눌러 죽이듯이 진검룡을 죽인 후에 민수림에게 모든 사실을 다 설명해 주고 싶은데 그것을 꾹꾹 참고 있는 것이다.

　진검룡은 잠시 생각하고 나서 말했다.

　"나를 십초식 안에 쓰러뜨리는 것과 내 공격을 삼초식만 견디는 것 중 고르시오."

　"하아……."

　부옥령은 얼굴을 살짝 일그러뜨리며 고개를 숙이고는 낮은 한숨을 쉬었다.

　그녀는 너무도 가소로워서 얼굴을 찌푸리고 한숨을 내쉰 것인데 그것을 들킬까 봐 얼른 딴청을 부렸다.

　"둘 다 어렵습니다."

　"어려우면 포기하시오."

　진검룡은 그녀의 말을 곧이곧대로 받아들였다.

　그는 화난 민수림을 찾아야 하기 때문에 마음이 급해서 이 자리를 떠나려고 몸을 돌렸다.

　"전자로 하겠습니다."

　진검룡이 그녀를 보며 의아한 표정을 지었다.

　"뭐라고 했소?"

　그는 전자가 무슨 뜻인지 몰랐다.

"문주를 십초식 안에 쓰러뜨리는 것으로 하겠습니다."

"진짜요?"

진검룡은 어이없는 듯 피식 웃었다.

그가 보기에 부옥령은 부잣집 마나님처럼 뽀얀 얼굴에 여린 체구와 가냘픈 몸매를 지니고 있어서 무공은커녕 호신술 정도나 펼치면 다행이라는 생각이 들었다.

두 사람 다 상대의 실력이 형편없을 것이라고 여기고 있으니 말 그대로 동상이몽이다.

부옥령이 정중히 말했다.

"수련장 같은 곳으로 자리를 옮기시지요."

"수련장 말이오?"

"여기에서는 다른 사람들의 눈이 있으니 곤란합니다."

진검룡은 마뜩지 않은 표정을 지었다.

여기에서 간단히 끝내고 민수림을 찾으러 가면 될 일을 무엇하러 수련장까지 가야 하는지 귀찮았다.

"여기에서 하면 안 되오?"

"뭇사람들 보는 곳에서 어찌 제가 문주와 치고받고 하겠습니까? 말도 안 되는 일입니다."

그렇게 말은 하지만 부옥령은 사람들이 없는 곳에서 진검룡을 혼찌검 내주고 싶은 것이다.

진검룡은 쌍영웅각 이 층의 연공실로 부옥령을 데리고 단둘이 들어갔다.

부옥령이 연공실 안에 아무도 들어오지 못하게 해달라고 해서 청랑과 수하들에게 출입을 금지시켰다.

진검룡은 연공실 가운데 우뚝 서서 두 팔을 늘어뜨리고 맞은편의 부옥령을 보며 미소 지었다.

"자, 해보시오."

"무기는 쓰지 않으십니까?"

"쓰지 않소. 그러나 그대는 무기를 사용해도 되오."

이때도 부옥령은 가소롭고 기가 막힌 것을 참느라 죽을 힘을 다해야만 했다.

진검룡이 무기를 사용하지 않는다는데 부옥령이 무기를 사용할 리가 없다.

진검룡은 엷은 미소를 지으며 우두커니 서서 부옥령의 공격을 기다렸다.

부옥령은 사 갑자 반 무려 이백칠십 년 공력을 지녔다.

얼마 전까지 항주제일방파로 군림했던 오룡방 방주의 공력이 백이십 년이었으니까 부옥령이 얼마나 심후한 공력을 지녔는지 짐작할 수 있을 것이다.

문득 부옥령은 좋은 생각이 났다. 그녀는 피어오르는

미소를 겨우 참으면서 말했다.

"우리 내기하는 것은 어떨까요?"

진검룡은 의아한 표정을 지었다.

"그대가 호법이 되는 것 말고 내기를 하자는 말이 오?"

"그렇습니다."

부옥령은 욕심이 생겼다.

"제가 패하면 문주의 종이 되겠습니다."

"종?"

"네. 죽으라고 하면 목숨까지 내놓는 종입니다."

그렇게 말하면서도 부옥령은 자신이 진검룡의 종이 될 확률은 일 푼도 없을 것이라고 장담했다.

그녀가 이러는 것은 진검룡을 자신의 종이나 수하로 삼아서 장차 천상옥녀의 기억을 되찾게 하는 데 도움을 받으려는 의도에서다.

"그럼 나도 종이 돼야 하는 것이오?"

진검룡 역시 자신이 부옥령의 종이 될 확률은 전무하다고 장담했다.

"싫으시면 하지 않아도 됩니다. 그렇더라도 저는 하겠습니다. 제가 패하면 문주의 종이 되겠습니다."

내기란 쌍방이 수락해야지만 성립된다. 그걸 뻔히 알면

서도 부옥령은 억지를 부렸다.

진검룡은 선선히 고개를 끄떡였다.

"알았소. 나도 그렇게 하겠소."

이때만큼은 부옥령도 참지 못하고 입가에 득의한 미소를 머금었다.

다섯 걸음 거리에 마주 보고 서 있는 부옥령이 오른발 한 걸음을 앞으로 내디뎠다.

스읏…….

그걸 보는 순간 진검룡은 그녀가 범상치 않은 고수라는 사실을 감지했다.

그녀가 단지 한 걸음 내딛는 순간 이미 진검룡의 코앞까지 쇄도하고 있기 때문만이 아니다.

슈우우…….

그녀가 전진하면서 오른손을 앞으로 느릿하게 내미는데 그 한 동작에 여러 복잡하고도 쾌속한 변화가 깃들어 있는 것을 간파했기 때문이다.

그녀는 오른손을 내밀었지만 진검룡이 피하기가 매우 어려울 정도로 쾌속한 속도다.

더구나 그가 피할 것을 대비하여 피할 수 있는 방향까지 이차 삼차 공격을 가하고 있다.

그녀가 전개하는 것은 진검룡이 배운 대라벽산 정도 높은 수준의 권각법인 것 같았다.

후우웅!

얼굴 정면으로 찍듯이 쏘아오는 부옥령의 주먹은 사실 진검룡의 가슴과 복부를 동시에 노리고 게다가 그가 피할 수 있는 곳까지 다 차단을 한 놀라운 수법이다.

'보통이 아니다!'

진검룡은 느긋했던 마음을 다잡고 바짝 긴장하여 몸이 터득하고 있는 대라벽산 초식 내의 보법을 전개했다.

스스으…….

원래 대라벽산에는 보법이 없지만 진검룡이 그것을 전개하는 과정에 밟는 방위를 역(逆)으로 계산하여 나름대로 보법이라는 것을 만들어보았다.

그의 모습이 흐릿해지면서 전진, 후퇴했다가 좌측으로 네 걸음 피했다.

휘이잉…….

피할 때 그의 귓전으로 우레 같은 권풍음이 스치는 것이 들렸다. 만약 거기에 맞았으면 얼굴이 짓이겨졌을 것이다.

"……!"

진검룡이 공격을 피하는 것을 보고 부옥령은 크게 놀랐다. 그녀는 원래 잘 놀라지 않는 성격이지만 지금은 놀라지 않을 수가 없다.

그녀가 오 성의 실력으로 전개한 아미파의 절학 금정신산수(金頂神散手)를 진검룡이 피한 것이다.

그것도 바닥에 구르든지 아니면 혼비백산해서 난리를 친 것이 아니라 모습이 흐릿해지는가 싶더니 어느새 그녀의 공격을 피해 버린 것이다.

그녀는 당황하는 바람에 조금 흔들려서 재차 공격해야 할 시기를 놓쳤다.

그러고는 아차! 했다.

진검룡이 그녀의 공격을 그처럼 간단하게 피할 정도면 반격을 가할 것이라는 생각이 때마침 번뜩 든 것이다.

그녀의 시선은 왼쪽으로 피하고 있는 진검룡을 그림자처럼 좇고 있는 중이다.

그러다가 어느 순간 그의 모습이 흐릿하게 사라졌다. 그것까지는 예상하지 못했다.

그녀의 시선이 표적을 놓쳐본 적이 한 번도 없었기 때문이다. 이런 경우는 처음이다.

'이런…….'

그녀는 진검룡이 그녀의 시야가 미치지 않는 방위에서 반격할 것이라고 판단했다.

그런 곳이 있다면 한 군데, 바로 뒤다.

위이잉!

그녀는 번개같이 반회전하면서 뒤를 향해 팔꿈치와 팔뚝으로 강력한 경기를 뿜어냈다.

"......!"

그러나 뒤에는 아무도 없다.

그녀는 자신이 허탕을 칠 것이라고는 예상하지 않았다.

'그렇다면?'

마지막 남은 한 군데는 머리 위다.

그리고 지금 머리 위를 쳐다보거나 공격을 하면 늦다.

파앗!

부옥령은 상체를 최대한 숙이면서 몸을 날리는 것과 동시에 진검룡이 있을 것이라고 짐작되는 곳을 향해 강맹한 일장을 발출했다.

쿠아앗!

바닥에 떨어져 등을 바닥에 붙인 자세에서 주르르 미끄러져 가면서 강기를 발출한 부옥령은 강기가 허공을 스치는 것을 보고 흠칫 표정이 변했다.

허공에도 진검룡이 없다. 그렇다면 그는 대체 어디에 있다는 말인가.

툭......

그런데 바닥에 누운 자세로 뒤로 미끄러져 가던 부옥령의 머리가 어딘가에 닿았다.

진검룡이 그녀를 굽어보며 빙그레 미소 지었다.

"이제 그만할 거요?"

"앗!"

진검룡은 그녀를 공격하는 것이 아니라 그녀가 피해 가는 방향에서 기다리고 있었던 것이다.

타앗!

부옥령은 번개같이 둥실 허공으로 떠오르면서 전신 공력이 가득 실린 두 팔을 삼십팔 번이나 휘두르며 금정산신수를 와르르 쏟아냈다.

이 정도 고절한 수법이라면 천지이십신 중 한 명이라고 해도 쩔쩔맬 것이다.

그녀는 빠르게 위로 떠오르면서 진검룡의 하체와 복부, 상체를 차례로 연달아 공격하는데 이백칠십 년 공력의 강기를 발출하는 것이라서 스치기만 해도 살과 뼈가 숭숭 잘라져 나갈 터이다.

그러나 어이없게도 전력으로 전개한 회심의 삼십팔 권이 모조리 빗나갔다.

그녀가 빗맞힌 것이 아니라 석 자 거리에 서 있는 진검룡이 제자리에서 선 상태에서 상체를 이리저리 흔들면서 어렵지 않게 모조리 피한 것이다.

허공에 떠오르는 중에 제이초식 삼십팔 권을 쏟아내고 또 그것을 모조리 피하는 진검룡을 보면서 부옥령은 기가 막혀서 말문이 막혔다.

그녀는 진검룡과 마주 보는 자세에서 쏘아가면서 금정신산수의 절초인 금신강권(金神鋼拳)을 뿜어냈다.

무림오대권법 중 하나인 금정신산수의 마지막 절초를 이백칠십 년 공력으로 전개하는 것을 막아낼 인물이 당금 무림에 몇 명이나 되겠는가.

과우웅―!

무지하게 빠르고 범위가 넓은 데다 워낙 가깝게 서 있는 터라서 이번만큼은 진검룡도 피하지 못하고 정면으로 맞받는 수밖에 없다.

아무리 빨리 피한다고 해도 강기의 영향권에서 완전히 벗어나기가 어려울 것 같아서다.

그러므로 이번만큼은 어쩔 수가 없다. 누구 하나가 쓰러지더라도 정면 대결을 하는 수밖에.

진검룡은 이미 끌어올리고 있던 전 공력을 오른손에 모으고 백보신권 마지막 절초를 발휘했다.

구우웅!

백보신권은 백 보 즉, 백 걸음 밖의 바위에 손자국을 새기는 절학인데 현재 진검룡의 실력으로는 백오십 보 밖의 바위를 박살 낼 수 있을 정도다.

　설사 백보신권의 본산인 소림사의 장문인이라고 해도
진검룡의 절반에도 미치지 못할 터이다.

第七十七章

동방해룡(東方海龍)

부옥령은 진검룡이 이번만큼은 피하지 못하고 정면 대결을 하는 것을 보고 회심의 미소를 지었다.

그에게 무슨 얄팍한 경공술 재주가 있어서 몇 초식을 피할 수 있었는지 모르지만 이번처럼 정면으로 대결하면 그가 백전백패할 것이라고 확신했다.

그녀는 여태껏 칠 성의 공력을 사용했는데 이번에는 이백칠십 년 전 공력 십 성을 금신강권에 주입했다.

부옥령은 은은한 자색 기운의 강기를 발출했고, 진검룡은 엷게 금광이 흐르는 순정강기를 뿜어냈다.

한순간 연공실을 산산조각 낼 듯한 엄청난 굉음이 터

졌다.

짜꽝!

"아악!"

그 가운데에서 마치 비단을 찢는 듯한 날카로운 비명 소리가 터져 나왔다.

쿵쿵쿵…….

"으음…….'

진검룡은 나직한 신음을 흘리면서 뒤로 다섯 걸음이나 묵직하게 물러났다.

그가 전력을 다했는데도 불구하고 다섯 걸음이나 물러났다면 부옥령의 공력이 어느 정도인지 짐작이 간다.

퍼퍽!

쿠당탕!

부옥령은 허공을 쏜살같이 날아가서 맞은편 벽에 모질게 부딪쳤다가 바닥에 패대기쳐졌다.

"끄으으…….'

그녀는 입에서 핏덩이를 왈칵 토해내면서 몇 번인가 꿈틀거리다가 잠시 후에 축 늘어졌다.

진검룡은 입속이 비릿한 것을 느꼈다.

속에서 피가 올라와 입속에 핏물이 고인 것이다.

정확한 것은 모르지만 현재 그의 공력은 사백 년 이상인 것이 분명하다.

그런 그에게 가벼운 내상을 입힌 부옥령은 진정 무서운 실력자다.

진검룡은 순정기를 일으켜서 내상을 치료하면서 부옥령을 향해 걸어갔다.

진검룡이 보기에 부옥령은 그가 지금까지 싸운 상대들 중에서 최강이었다.

부옥령은 똑바로 누운 자세인데 온몸이 피투성이며 바닥에 피가 흥건하게 고였다.

그리고 손가락조차 움직이지 않는데 크게 잘못된 것처럼 보였다.

도검을 사용하지 않았는데도 이 지경이라는 것은 필경 조금 전의 격렬한 충격 때문에 그녀의 몸 어디가 터져서 피가 뿜어져 나온 것이다.

진검룡이 부옥령의 손목을 잡고 맥을 짚어보니까 맥이 거의 잡히지 않았다.

"이런……."

진검룡이 보기에는 그녀는 이미 숨이 끊어진 것 같았다. 가슴이 철렁 내려앉았다.

"난리 났군……."

어떤 이유에서든지 내문사당 청검당주인 정소천의 누님을 이렇게 피투성이가 되어 죽게 만들었으니 이를 어쩌면 좋다는 말인가.

진검룡은 식은땀을 흘리면서 부옥령의 가슴에 귀를 대고 심장박동을 확인했다.

잠시 후에 그의 얼굴에 안도의 표정이 떠올랐다.

'잘하면 살릴 수 있을 것 같다……!'

아주 미세하게 심장박동이 느껴졌다. 그렇다면 살릴 수 있을 것 같았다.

진검룡은 부옥령의 손목을 잡고서 기도하는 심정으로 순정기를 일으켜 주입시켰다.

심후하기 이를 데 없는 순정기를 부옥령 체내에 파도처럼 주입시켰는데 꽤 오랜 시간이 흘러도 그녀가 소생할 기미를 보이지 않았다.

더구나 바닥에 피가 점점 더 많이 고여서 진검룡의 마음을 조급하게 만들었다.

진검룡은 손을 떼며 고개를 갸웃거렸다.

'왜 그러지?'

그는 자신의 순정기를 그 무엇보다도 신뢰하고 있다.

여태껏 순정기를 주입해서 살리지 못한 사람이 단 한 명도 없었기 때문이다.

그녀의 가슴에 귀를 대봤지만 심장박동이 꺼진 것처럼 매우 희미하게 감지되고 있다.

그것은 반각 이상 주입한 순정기가 그녀에게 조금도 영향을 미치지 못했다는 뜻이다.

그렇다는 것은 한 가지를 의미한다. 그가 주입한 순정기가 어딘가로 새고 있다는 뜻이다.

그는 잠시 고개를 갸웃거리다가 좋은 방법을 찾지 못하고 일단 부옥령의 옷을 벗겼다.

그녀의 몸 어느 부위에서 순정기가 새고 있는지 알아낼 방법을 궁리해 봤지만 옷을 벗기는 것 말고는 딱히 생각나는 것이 없었다.

피범벅 된 옷을 벗기는 것이 쉽지 않은 데다 시간이 촉박해서 그는 옷을 마구 찢어냈다.

찌익! 찍!

그렇지만 그녀의 칠공 즉, 눈, 코, 입, 귀와 항문, 옥문에서 쏟아져 나온 피만이 아니라 알 수 없는 상처에서 뿜어져 나온 피를 뒤집어쓴 탓에 맨살이 전혀 보이지 않았다.

그가 눈을 부릅뜨고 자세히 살펴보니까 부옥령의 목덜미에서 쿨럭거리면서 피가 흘러나오고 있다.

목덜미가 크게 찢어져서 피가 흐르고 순정기가 샌 것이다.

그는 급히 손바닥으로 그곳을 완전히 덮고 순정기를 부드럽게 주입시켰다.

츠으으……

그녀의 목덜미와 밀착된 그의 손바닥 사이에서 흐릿한

김이 흘러나왔다.

진검룡은 그녀의 목덜미에 순정기를 주입시키면서 몸을 자세히 살펴보았다.

피투성이 왼쪽 가슴 아래에서 피가 줄줄 흘러나오고 있는데 갈비뼈가 부러졌는지 허옇고 날카로운 뼛조각이 상처 밖으로 내비쳤다.

진검룡은 손을 떼고 목덜미를 문질러서 핏기를 닦아내고 자세히 살펴보았다.

그곳은 긁힌 흔적조차 없이 말끔하게 치료가 되었다. 순정기가 상처를 완벽하게 치료한 것이다.

그는 이번에는 부옥령의 왼쪽 가슴 아래 상처로 세 치가량 삐져나온 부러진 갈비뼈를 조심스럽게 안으로 밀어 넣어 부러진 부위를 정확하게 맞춘 다음에 손바닥을 밀착시키고 순정기를 주입했다.

부옥령은 믿을 수 없게도 온몸 여덟 군데가 찢어지거나 터져서 피가 쏟아져 나왔다.

그런 탓에 순정기가 다 줄줄 새버려서 전혀 소용이 없었던 것이다.

진검룡이 그녀의 마지막 여덟 번째 상처에 손바닥을 밀착시킨 채 순정기를 주입하느라 여념이 없을 때 혼절했던 부옥령이 정신을 차렸다.

그녀의 뇌리에 제일 먼저 떠오른 것은 진검룡과 일대일 격돌에서 자신이 치명타를 당하여 허공으로 쏜살같이 퉁겨져 날아가던 상황이다.

그때 그녀는 정신이 아득해지면서 온몸의 공력과 기력이 산산이 흩어지는 것과 동시에 체내의 피라는 피가 모조리 쏟아져 나가는 것을 느끼며 자신이 이대로 죽는 것이라는 생각이 들었다.

그리고 벽에 부딪쳤다가 바닥에 떨어진 후에 그녀는 자신의 온몸 여덟 군데에 상처를 입었으며 그곳으로 엄청난 양의 피가 흘러 나가고 있음을 어렴풋이 느꼈었다. 그런데 어찌 된 일인지 깨어난 것이다.

'여기는… 저승인가?'

대학자를 발아래로 내려다볼 정도로 박식한 부옥령이지만 지금은 상황이 상황이니만큼 인간으로서의 가장 원초적인 자문을 할 수밖에 없다.

똑바로 누워 있는 그녀는 몇 번 눈을 깜빡이다가 문득 이상한 느낌을 받았다.

무엇인가 자신의 오른쪽 옆구리를 누르면서 부드럽게 쓰다듬고 있는 느낌인데 어쩐 일인지 그 부위가 매우 시원하고 상쾌했다.

그녀는 조심스럽게 천천히 눈을 뜨자마자 진검룡을 발견하고 흠칫 놀랐다.

그의 더없이 진지한 표정과 방울방울 비지땀을 흘리는 얼굴을 보는 순간 부옥령은 그가 지금 무엇을 하고 있는지를 깨닫고 가슴이 콱 막혔다.

그녀가 진검룡과의 일대일 격돌에서 반탄력에 의해 죽을 위기에 처했던 것과 지금의 광경을 연결하면 자연스럽게 해답이 나온다.

그 당시에 그녀는 최소한 온몸 여덟 군데에 치명적인 상처를 입었던 것으로 기억했다.

진검룡과의 격돌 때 그녀의 두 팔을 타고 쏟아져 들어온 반탄지기가 그녀의 체내로 태풍처럼 휩쓸고 들어와서 여기저기 마구 구멍을 뚫어버린 것이다.

부옥령은 비지땀을 흘리면서 자신을 치료하고 있는 진검룡의 얼굴을 물끄러미 응시했다.

일대일로 싸우기 전까지 그녀는 진검룡을 더없이 가소로운 존재라고만 여겼었다.

모든 면에서 천하제일이라고 할 수 있는 천상옥녀가 어쩌다가 이따위 하류배 곁에 머물게 됐는지 모르지만 어떻게 해서라도 하루빨리 천상옥녀의 기억을 되찾아서 제자리를 잡아야겠다고 다짐했던 부옥령이다.

그런데 이제는 알 수 있다. 기억을 잃었다고 해도 천상옥녀의 빛나는 자질과 눈부신 성품, 하늘보다 더 높은 도도함은 또렷이 남아 있었을 것이다.

그런 그녀가 이곳에서 진검룡 곁에 머물고 있다면 그에게 어떤 남다른 매력을 느꼈기 때문일 것이다.

부옥령은 자신이 지금 진검룡의 여러 매력 가운데 하나를 보고 있는 느낌을 받았다.

그녀는 자신의 몸이 조금도 아프지 않고 오히려 날아갈 듯이 가볍고 상쾌한 것을 느꼈다.

그것은 놀라운 일이지만 그녀가 혼절해 있는 동안에 진검룡이 그녀의 상처를 다 치료했다는 뜻이다. 있을 수 없는 일이지만 그게 현실이다.

'저 사람……'

부옥령은 그러다가 문득 자신의 몸 여덟 군데의 상처가 어디 어디에 났었는지 어렴풋이 떠올리고는 얼굴이 뜨겁게 화끈 달아올랐다.

그녀가 틀리지 않았다면 여덟 군데 상처 중 두 곳은 매우 은밀하고 민망한 부위였다.

그런데 지금 그 부위가 전혀 아프지 않은 것으로 미루어 이미 치료를 끝낸 것 같았다.

상처 여덟 군데는 한곳에 집중되지 않고 온몸에 골고루 분포됐었다.

슥…….

그때 진검룡이 부옥령의 옆구리에서 손을 뗐다.

"휴우……."

한숨을 쉬면서 이마의 땀을 닦는 것으로 미루어 치료가 끝난 것 같았다.

진검룡이 부옥령을 쳐다보려고 할 때 그녀는 재빨리 눈을 감고 죽은 듯이 가만히 있었다.

그녀는 어째서 놀란 토끼처럼 갑자기 눈을 감는 것인지 자신도 이유를 알지 못했다.

그저 눈을 뜨고 있다가 진검룡과 시선이 마주치는 것이 몹시 어색할 것만 같았다.

진검룡은 고개를 숙여 부옥령의 가슴에 귀를 대고 심장 박동 소리를 들었다.

"……!"

그런데 심장이 뛰지 않았다.

진검룡이 가슴에 귀를 대려고 하자 부옥령이 재빨리 귀식대법을 전개하여 심장을 정지시킨 것이다.

진검룡은 허리를 펴면서 고개를 갸웃거렸다.

"이상한데……? 조금 전까지만 해도 좋아졌었는데 어째서 심장이 멈춘 거지?"

'아차……'

부옥령은 뒤늦게 자신이 실수했다는 사실을 깨닫고 크게 후회했다.

그때 진검룡이 부옥령을 두 팔로 번쩍 안고 일어나면서 중얼거렸다.

"안 되겠다. 의원에게 보여야겠다."

부옥령은 다급히 그의 품에서 내려 바닥을 디디며 재빨리 외쳤다.

"저 괜찮아요."

사실 진검룡은 부옥령이 깨어 있다는 사실을 다 알고서 일부러 그런 것이다.

과연 그가 예상했던 대로 부옥령은 놀라서 제 발로 바닥을 딛고 섰다.

진검룡이 부옥령을 한 번 보고는 다시 문으로 걸어가자 그녀도 뒤따랐다.

진검룡이 걸음을 멈추고 그녀를 돌아보았다.

"그 모습으로 밖에 나갈 생각이오?"

부옥령은 얼굴만 빼고 온몸이 피범벅인 데다 벌거벗고 있는 자신의 모습을 발견하고 소스라치게 놀라서 급히 두 손으로 중요 부위를 가렸다.

"앗!"

진검룡이 상의를 벗어서 그녀의 몸에 씌워주었다.

그의 상의가 너무 커서 부옥령의 무릎까지 가려졌다.

진검룡이 문으로 걸어가며 말했다.

"우선 씻으시오."

부옥령은 종종걸음으로 그의 뒤를 따랐다.

부옥령은 목욕통의 뜨거운 물속에 들어가서 얼굴만 내놓은 상태로 착잡한 표정을 짓고 있다.

'대체 어쩌자고 내가……'

그녀는 아까 진검룡과 있었던 일 때문에 부끄럽고 착잡하기가 이루 말할 수 없을 정도다.

사실 그녀는 진검룡 따위는 손가락 하나만으로도 일초식에 가볍게 짓누를 수 있다고 예상했었다.

그런데 뚜껑을 열어보니까 그게 아니다.

그녀가 손가락으로 일초식에 진검룡을 짓누른 것이 아니라 삼초식 만에 그의 일장에 온몸 여덟 군데가 터지고 뼈가 죄다 부러져서 죽을 위기에 처했었다.

이제 와서 생각해 보니까 그것도 순전히 진검룡이 봐주었기 때문이다.

만약 그가 마음만 먹었다면 일초식에 나자빠지는 사람은 부옥령이었을 것이다.

만약 진검룡이 치료해 주지 않았더라면 부옥령은 지금쯤 황천으로 훠이훠이 날아가고 있을 것이다.

더구나 이놈의 주둥이가 화근이지. 무엇 때문에 내기를 했다는 말인가.

그녀는 자신이 패할 것이라고는 일 푼어치도 생각하지

않고서 대결에서 패하는 사람이 이긴 사람의 종이 되기로
철석같이 약속을 해버렸다.

'내가 미쳤지⋯⋯.'

부옥령은 평생 지금 같은 처참한 심정이었던 적이 한
번도 없었다.

문득 무슨 생각을 했는지 부옥령의 얼굴이 하얘져서 얼
굴에서 핏기가 사라졌다.

진검룡이 그녀를 살리기 위해서 옷을 벗기고 여덟 군데
상처를 치료했던 일이 기억난 것이다.

그녀는 천상옥녀를 닮아서 매사에 지나칠 정도로 냉철
했기에 이성을 잃고 허둥거린다든지 낭패를 당해서 절박
한 상황이었던 적이 없었다.

'아아⋯ 어쩌다가 이 지경이 되었다는 말인가⋯⋯.'

꼬로록⋯⋯.

부옥령은 수치스러움과 창피함을 견디지 못하고 목욕
물 속으로 머리까지 잠겨 버렸다.

진검룡은 영웅문 내의 어느 호숫가를 산책하고 있는 민
수림을 발견했다.

"수림."

"아⋯ 검룡 왔어요?"

깊은 생각에 잠겨 있던 민수림은 가까이 다가오는 진검

룡을 돌아보며 살짝 미소 지었다.

진검룡은 민수림 옆에 나란히 섰다.

"나 때문에 기분 상했습니까?"

민수림의 머리카락이 산들바람에 흩날리고 그녀의 입가에 잔잔한 미소가 피어났다.

"그 정도로는 화나지 않아요."

"미안합니다."

민수림이 그를 쳐다보며 입술을 삐죽거렸다.

"또 그럴 거면서 사과는 왜 해요?"

진검룡은 찔끔했다.

"헤헤! 그런가요?"

"팔은 괜찮은가요?"

진검룡은 두 팔을 바람개비처럼 휘둘렀다.

"끄떡없습니다."

그는 민수림의 손을 잡고 용림재 쪽으로 이끌었다.

"식사하러 가요."

"술 마시고 싶어요."

진검룡은 환하게 웃었다.

"당연히 술도 마셔야죠."

진검룡과 민수림은 별다른 일이 없으면 세 끼 식사는 가족들이 있는 용림재에서 한다.

두 사람이 용림재 입구에 도착했을 때 내문총관 한림이 기다리고 있다가 예를 취했다.

"두 분 주군."

"무슨 일인가?"

영웅문의 웬만한 일이라면 외문총관이며 총당주인 풍건과 내문총관 겸 총당주인 한림이 다 알아서 처리하고 있다.

그런데 일개 당주도 아닌 내문총관인 한림이 직접 와서 기다리고 있었다는 것은 중요한 일이 생겼다는 뜻이다.

"일전에 주군께서 제압하셨던 검황천문의 검천태제를 기억하십니까?"

"기억하네."

몇 달 전에 검황천문 태문주의 제자인 검천삼십오태제 양무와 검천사십이태제 정향이 수하들을 이끌고 쳐들어왔다가 제압당한 적이 있었다.

"검황천문에서 그들을 찾아왔습니다."

"누가?"

"검황천문 백호전주(白虎殿主) 동방해룡(東方海龍)입니다."

한림은 몹시 심각한 표정인 데 반해서 진검룡은 대수롭지 않다는 듯이 물었다.

"그가 누군지 알고 있나?"

"검황천문 태문주의 셋째 아들입니다."

"그래?"

검황천문 태문주의 아들이 직접 찾아왔다고 하는데도 진검룡은 눈썹도 깜빡이지 않았다.

"그가 뭐라던가?"

"주군을 뵙기를 원합니다."

진검룡은 민수림의 손을 잡고 용림재 안으로 들어가면서 태연하게 말했다.

"기다리라고 하게."

진검룡이 조금도 놀라지 않을 뿐만 아니라 검황천문 태문주의 아들을 지나치게 홀대하는 것 같아서 한림은 적잖이 당황했다.

"어… 디에서 기다리게 합니까?"

"그는 지금 어디에 있나?"

"전문 밖에 있습니다."

"그럼 거기에서 기다리도록 하게."

"……."

진검룡과 민수림은 망연자실한 표정의 한림을 남겨두고 용림재 안으로 들어갔다.

식사를 끝낸 후에 진검룡과 민수림은 자리를 옮겨 이층 자신들의 거처 거실에서 술을 계속 마셨다.

오늘은 민수림의 기분이 조금 우울한 것 같아서 진검룡이 위로하는 뜻으로 작은 술판을 벌였다.

하선이 요리와 술을 내온 후에 두 사람의 시중을 들고 있으며, 청랑은 한쪽에 우뚝 서 있다.

진검룡이 민수림 잔에 술을 따르며 지나가는 말처럼 태연하게 말했다.

"수림, 여종 한 명을 거두었습니다."

"그래요?"

예상했던 대로 그녀는 별 관심을 보이지 않았다.

그녀의 관심을 끄는 것은 거의 없다.

있다면 진검룡에 대한 것이나 무공에 대한 것, 그리고 술 정도일 것이다.

진검룡은 문 쪽을 보면서 누군가를 불렀다.

"옥령, 들어와라."

척!

그러자 문이 열리더니 부옥령이 들어와 두 사람이 있는 탁자로 성큼성큼 걸어왔다.

민수림은 그녀를 보더니 뜻밖이라는 표정을 지었다.

"당신은 우리의 호법이 되려고 하지 않았나요?"

부옥령은 처음에 민수림에게 자신을 호법으로 기용해 달라고 부탁했다가 거절당했었다.

그랬던 그녀가 종이 됐다고 하니까 뜻밖이다.

진검룡 옆에 우뚝 서 있는 부옥령은 얼굴이 화끈거렸지만 아무 말도 하지 않았다.

사실 진검룡은 부옥령의 무공이 출중하여 호법에 임명하려고 했었다.

그러나 일대일 대결에서 패한 사람이 상대의 종이 되자고 먼저 내기를 내건 사람이 부옥령 자신이므로 그 약속을 뒤집지 못하고 스스로 종이 되겠다고 자처한 것이다.

그녀는 그 정도로 강골(强骨)이다.

부옥령이 종이 되겠다고 극구 자처하는 것을 진검룡은 몇 번 만류하다가 그녀의 뜻이 워낙 강경해서 결국 종이 되도록 허락했다.

부옥령은 민수림에게 공손히 고개를 숙였다.

"종이 되기로 했습니다."

호법과 종이라는 신분이 하늘과 땅처럼 다르지만 민수림 옆에 머물 수 있기에 부옥령은 별로 개의치 않았다.

그녀는 호법 같은 종이 될 자신이 있다.

민수림은 가만히 부옥령을 응시했다.

그렇게 해서라도 자신들의 곁에 머물려고 하는 그녀의 저의가 무엇인지 가늠해 보았지만 짐작 가는 바가 전혀 없다.

"이름이 뭐라고 했지?"

"부옥령입니다."

민수림이 묻자 부옥령이 공손히 대답했다.

민수림은 고개를 끄떡였다.

"알았다."

민수림은 조금 전까지만 해도 부옥령에게 존어를 썼으나 그녀를 여종으로 받아들이는 순간부터 하대를 했다.

진검룡과 민수림은 부옥령의 존재를 잊어버리고 둘이 술잔을 부딪치면서 조용히 술을 마셨다.

"동방해룡이라는 자를 어떻게 할 건가요?"

"일단 만나서 무슨 말을 하는지 들어봐야지요. 수림은 좋은 생각이 있습니까?"

한옆을 물러나서 우두커니 서 있는 부옥령은 '동방해룡'이라는 말에 표정이 약간 변했다.

그녀는 무슨 말인가 할까 말까 하다가 그만두었다.

두 사람의 대화가 잠시 끊어지자 청랑이 조심스럽게 말문을 열었다.

"주인님, 한 말씀 드려도 될까요?"

진검룡이 고개를 끄떡이자 청랑은 부옥령을 턱으로 가리키면서 약간 못마땅한 얼굴로 말했다.

"저 사람, 종이면 종다운 복장을 하는 게 맞지 않

나요?"

부옥령은 무림인처럼 경장 차림이다.

그렇지만 청랑 자신도 종의 신분으로 경장 차림을 하고 있으면서 부옥령에게 하선 같은 치마 차림의 여종 복장을 하라는 것은 어불성설이다.

진검룡은 아무 말 하지 않는데 부옥령이 잔잔한 목소리로 청랑을 꾸짖었다.

"너도 종이 아니냐?"

부옥령이 대뜸 하대를 하자 청랑의 눈초리가 역팔자로 꺾이며 콧김이 뿜어졌다.

"네가 감히!"

"종이 아니냐고 물었다."

청랑은 대답하지 않고 진검룡에게 허락을 구했다.

"주인님, 제가 저년을 혼내도 될까요?"

"좋도록 해라."

"네 이년, 따라와라."

청랑은 냉랭하게 말하면서 문으로 걸어갔다.

그녀는 이참에 부옥령을 눈물이 쑥 빠지도록 혼찌검을 내서 위계질서를 바로 세워야겠다고 다짐했다.

두 여자는 반각 후에 문으로 들어섰다.

그런데 부옥령이 고개를 빳빳하게 치켜든 채 의기양양

하게 앞장서 들어오고 그 뒤에 청랑이 고개를 푹 숙인 채 졸졸 따라 들어왔다.

진검룡이 얼핏 보니까 청랑 얼굴이 퉁퉁 부었다.

눈이 시퍼렇게 밤탱이가 됐으며 코도 삐뚤어지고 입이 붓고 찢어져서 피가 흐르고 있다.

진검룡은 아무 일 없는 듯이 제자리를 찾아서 서는 부옥령을 쳐다보았다.

그녀는 진검룡과 시선이 마주치자 어깨를 으쓱하며 '뭐요?'라는 표정을 지었다.

청랑이 특급 일류고수라고는 하지만 부옥령은 청랑보다 서너 단계 위의 초절정고수다.

그녀가 마음만 먹으면 청랑 정도는 손가락 하나로도 가볍게 제압할 수 있었을 것이다.

그런데도 청랑을 저 지경으로 만들었다는 것은 일벌백계(一罰百戒) 뜨거운 맛을 보여줌으로써 다시는 기어오르지 못하게 만들려는 의도가 분명하다.

과연 부옥령이 의도했던 대로 청랑은 찍소리도 하지 못한 채 구석에 고개를 푹 숙인 채 서 있었다.

진검룡과 민수림이 그로부터 한 시진 정도 더 술을 마시고 있는 동안 전문 밖에서 기다리고 있는 검황천문 백호전주 동방해룡은 잠자코 있었다.

진검룡과 민수림이 일어서자 부옥령이 따라나섰다.

"저도 같이 가겠습니다."

구석에 서 있는 청랑은 움찔하며 쳐다보았지만 아무 말도 하지 않고 곧 고개를 돌렸다.

진검룡이 아무 말도 하지 않고 문밖으로 나가자 부옥령은 성큼성큼 그 뒤를 따랐다.

탁!

문이 닫히자 청랑은 몸을 부들부들 떨다가 그 자리에 무릎을 꿇고 털썩 주저앉았다.

"크흐흐흑……!"

그녀는 주먹으로 연달아 바닥을 치면서 원통하고 서럽게 흐느껴 울었다.

진검룡은 전문 밖에서 기다리고 있는 동방해룡 일행을 쌍영웅각이 아닌 영웅호위대의 영호전 내의 연무장으로 불렀다.

영호전은 세 개의 전각으로 이루어졌으며 그중 오른쪽 일 층이 넓은 연무장이다.

연무장에는 영웅호위대 오십육 명이 벽을 등진 채 늘어서 있으며 입구 맞은편 두 개의 폭신한 태사의에 진검룡과 민수림이 몸을 묻고 앉아 있다.

진검룡과 민수림 오른쪽에는 훈용강과 정향이 나란히 서 있으며 왼쪽에는 부옥령이 서 있다.

*   *   *

저벅저벅…….

활짝 열려 있는 연무장 문밖에서 발소리가 들리더니 잠시 후 몇 사람이 연무장 안으로 걸어 들어왔다.

그들은 열두 명이며 좌우를 두리번거리지도 않고 곧장 걸어 들어와서 진검룡과 민수림 열 걸음 앞에 늘어섰다.

일남 일녀 두 명이 앞에 서고 다른 열 명이 뒤에 가로로 길게 늘어선 광경이다.

진검룡은 앞에 서 있는 삼십오륙 세의 당당한 체구의 사내가 동방해룡일 것이라고 짐작했다.

그때 진검룡과 민수림 귀에 부옥령의 전음이 전해졌다.

[앞에 서 있는 두 명은 동방해룡과 동방도혜(東方徒惠)예요. 그녀는 검황천문 태문주의 둘째 딸이고 동방해룡의 누이동생이며 이각, 사전의 주작전주예요.]

진검룡은 부옥령이 그런 것을 알고 있는 것이 뜻밖이지만 유익한 정보다.

검황천문의 이각, 사전은 태문주의 혈육으로 이루어진 최정예라고 했는데 그들 여섯 조직 중 두 개의 수장이 직접 영웅문을 찾아온 것이다.

동방해룡과 동방도혜 뒤에 서 있는 열 명 중 다섯 명은 남자이고 다섯 명은 여자인데 아마 사전 백호전과 주작전의 고수들일 것이다.

그런데 동방해룡과 동방도혜는 들어서면서부터 훈용강 옆에 서 있는 정향에게서 시선을 떼지 못하고 있다.

정향은 검황천문 제사십이검천태제이며 동방해룡과 동방도혜는 바로 그녀와 삼십오검천태제인 양무를 되돌려받으려고 찾아온 것이다.

동방도혜가 정향을 주시하면서 입을 열었다.

"너는 괜찮은 것이냐?"

동방도혜는 태문주의 딸이므로 태문주의 제자인 정향에게는 사숙이 되는 신분이다.

동방도혜는 정향이 무엇 때문에 저기에 서 있는지 모르기 때문에 함부로 말하기가 곤란했다.

정향은 옆에 서 있는 훈용강과 진검룡을 번갈아 쳐다보면서 쭈뼛거리며 대답하지 못했다.

그때 부옥령이 냉엄한 목소리로 꾸짖었다.

"실로 무엄하기 짝이 없군! 귀하들은 예의를 모르는가?

남의 문파에 왔으면 제일 먼저 지존에게 인사를 올리는 것이 무림지법이 아니던가?"

그녀의 준엄한 목소리가 넓은 연무장 실내를 쩌르르 한동안 떨어 울렸다.

모두들 놀라듯 부옥령을 주시했다.

그녀가 그런 말을 할 줄은 아무도 예상하지 못했다.

좌중은 쥐 죽은 듯이 조용했지만 팽팽한 긴장감이 실내에 감돌았다.

부옥령의 말은 백번 옳았다.

생면부지 남인 데다가 거의 원수지간이나 다름이 없는 검황천문 인물이 영웅문에, 그것도 붙잡혀 있는 사람을 찾아왔다면 최대한 예의를 갖춰야 하는 것이 당연하다.

그런데 동방남매는 들어서자마자 정향을 보며 먼저 알은척을 했으니 크게 결례한 것이다.

그런 예절에 관한 것을 진검룡을 비롯한 영웅문 사람들은 잘 모르기 때문에 가만히 있었는데 그것을 부옥령이 제대로 꼬집어낸 것이다.

일침을 당한 동방해룡은 정중하게 포권을 했다.

"음! 미안하게 됐소. 용서하시오."

훈용강과 영웅호위대주 옥조를 비롯한 고수들은 부옥령

이 누군지 모르지만 그녀의 따끔한 훈계에 속이 다 후련해지는 것을 느꼈다.

누가 시키지도 않았는데 이때부터 부옥령이 한 걸음 앞으로 나서서 일을 진행했다.

"당신들은 무슨 일로 왔소?"

그녀는 태도와 목소리가 위엄에 넘쳤다. 북신 천군성 좌호법의 살 떨리는 위엄이다.

진검룡과 민수림은 부옥령의 행동을 보면서 흡족한 듯 빙그레 엷은 미소를 지었다.

호법 같은 종을 잘 얻었기 때문이다.

부옥령이 자신을 호법으로 써달라고 억지를 부린 데에는 그럴 만한 이유가 있었다. 진검룡과 민수림은 앞으로 부옥령의 덕을 많이 볼 것 같은 예감이 들었다.

"우리는……."

"저 아이를 찾으러 왔다."

동방해룡이 포권을 하면서 정중하게 말하려는데 그 옆의 동방도혜가 정향을 가리키며 냉랭하게, 그것도 하대로 내뱉듯이 말했다.

다들 동방도혜의 언행에 발끈하는데 누구보다 빠르게 부옥령이 쩽하게 호통을 쳤다.

"건방지다! 어디에서 망발이냐?"

성질이 불같고 잔인한 동방도혜는 한 걸음 앞으로 나서면서 오른손으로 어깨의 검을 잡으며 당장에라도 발검할 듯이 노성을 터뜨렸다.

"네 이년! 내가 누군지 알고 날뛰는 것이냐?"

부옥령은 동방도혜를 가리키며 차갑게 꾸짖었다.

"동방도혜, 너는 혹시 이곳이 겸황천굴(鎌黃泉窟)이라고 착각하는 것이냐?"

동방해룡과 동방도혜는 가볍게 움찔했다.

세상 사람들이 다 알고 있는 검황천문(劍皇天門)이라는 명칭을 겸황천굴(鎌黃泉窟), 그러니까 칼 검(劍)을 낫 겸(鎌)으로 바꾸고 황제 황(皇)과 하늘 천(天)을 죽어서 간다는 황천(黃泉)으로 바꿔서 불렀기 때문이다.

뿐만 아니라 부옥령은 문파를 나타내는 문(門)을 짐승들이 땅을 파고 사는 굴(窟)이라고 깔아뭉갰다.

사실 겸황천굴은 검황천문을 같잖게 여기거나 원한을 품고 있는 각지의 사람들, 혹은 북신 천군성 휘하에서 조롱하려고 만든 명칭이다.

"너는……."

동방도혜는 얼굴이 붉으락푸르락해서 어쩔 줄 몰랐다.

부옥령은 동방해룡을 보며 경고하듯이 말했다.

"영웅문에 사람이 없는 것처럼 안하무인 행동하면 아무도 살아서 돌아가지 못한다. 알았느냐?"

사실 동방해룡과 동방도혜, 그리고 백호전과 주작전의 최정예고수 열 명은 영웅문을 발가락 사이에 낀 때 정도로 여기고 이곳에 왔다.

이들뿐만이 아니고 영웅문 주위에는 변장을 하고 온 검황천문 백호전과 주작전 고수 삼백여 명이 언제라도 총공격할 만반의 준비를 갖춘 채 은둔해 있는데 그들 역시 영웅문을 대수롭지 않게 여기고 있다.

세력이나 영향력, 통치하고 있는 영토로 봤을 때 검황천문과 영웅문은 비교 자체가 되지 않는다.

검황천문을 코끼리라고 한다면 영웅문은 살쾡이 정도라고 할 수 있을 것이다.

그렇기에 검황천문은 몇 차례 영웅문에 된통 당하고서도 아직 정신을 차리지 못하고 있다.

자신들이 고수들을 제대로 보내지 못했기 때문에 패한 것이라고 착각을 하는 것이다.

동방해룡은 이곳에 온 목적이 있기 때문에 여동생인 동방도혜를 잠시 만류하려고 했다.

그러나 그보다 빨리 동방도혜가 부옥령을 향해 화살처럼 쏘아 나가면서 검을 뽑았다.

차아앙!

"죽어랏!"

"도혜야!"

동방해룡은 다급하게 외쳤다.

그것은 순전히 결례해서는 안 된다는 생각에서지 동방도혜가 부옥령을 죽일까 봐 염려해서가 아니다.

동방해룡과 그의 수하들은 검황천문 검천삼류인 동방도혜가 설마 이름도 모르는 저따위 중년 여자에게 당할 것이라고는 반 푼어치도 예상하지 않았다.

검황천문 휘하 전원은 검천십이류로 무공 등급이 매겨지는데 검천오류는 대문파 장로급이고 검천사류는 구파일방 장문인과 동급이다.

그런데 동방도혜가 검천삼류이니 그녀의 무공이 어느 정도 수준일지 짐작이 갈 터이다.

그런데 부옥령은 거침없이 두 걸음 앞으로 성큼 나서면서 일갈했다.

"똑바로 봐라! 네년이 먼저 도발했다!"

동방해룡은 움찔했다.

동방도혜는 검천삼류로서 구파일방 장문인을 수십 초 안에 제압할 정도의 절정고수인데 부옥령이 오히려 두 걸음 앞으로 나서고 있기 때문이다.

더구나 부옥령은 동방도혜가 먼저 도발했음을 강조

했다.

그것은 그녀가 동방도혜를 죽인다고 해도 자신의 잘못은 없다고 강조하는 의미다.

키유우웅!

도대체 이것이 한 자루 검이 일으키는 소리가 맞는지 놀라울 정도의 검명이 동방도혜가 허공을 쪼개면서 그어오는 검에서 터져 나왔다.

느닷없이 허공에 새파랗게 번뜩이는 수십 자루의 검날들이 나타나서 부옥령을 향해 우박처럼 쏟아졌다.

그것들은 절대로 허상이 아니다.

허상을 만들어냈다고 해도 대단한 실력인데 하물며 실제 수십 자루 검날들을 만들어냈으니 과연 그녀는 검천삼류다웠다.

그 수십 자루 검날들은 실내에 있는 모두의 눈에 똑똑하게 보였으므로 다들 이제 곧 부옥령의 온몸이 갈가리 찢어질 것이라고 예상했다.

그러나 부옥령은 외눈 하나 까딱하지 않고 발끝으로 바닥을 박차면서 오히려 동방도혜를 향해 허공으로 비스듬히 몸을 띄웠다.

슈웃!

"저런……."

"무슨 무모한 짓인가……."

여기저기에서 탄성이 터져 나왔다.

동방도혜의 눈에 살기가 번뜩였다.

"이년!"

그녀가 두 손으로 잡은 검을 기우뚱 숙이자 비산(飛散)하던 수십 자루 검날들이 일제히 부옥령 한 몸을 향해 집중적으로 쏘아왔다.

쑤와아아앙!

이제 부옥령이 벌집이 되는 일만 남았다고 여긴 순간.

슈우웃!

쏟아져 오는 수십 자루 검날보다 더 빨리 부옥령이 동방도혜에게 쇄도해 갔다.

그러고는 발끝으로 동방도혜의 가슴 한가운데를 고스란히 내질렀다.

칵!

"끅!"

바로 옆에 서 있는 동방해룡은 자신의 눈높이 허공에서 부옥령의 발끝이 동방도혜의 가슴 한가운데에 정확하게 꽂히는 것을 목격했다.

눈이 부시도록 찬란한 검법을 맨손 권각술이 박살 내는 어이없는 일이 벌어졌다.

동방도혜는 허공을 수평으로 빨랫줄처럼 쏜살같이 날아갔다가 맞은편 활짝 열려 있는 문 밖으로 나가 버렸다.

동방해룡이 급히 눈짓을 하자 수하 한 명이 재빨리 밖으로 나갔다가 잠시 후에 축 늘어진 동방도혜를 안고 들어와 동방해룡 앞에 내려놓았다.

동방도혜는 혼절했는지 죽었는지 눈을 감고 있으며 입과 코에서 새빨간 피가 흘러나오고 있었다.

그녀를 굽어보는 동방해룡의 얼굴에 놀라움과 염려가 복잡하게 떠올랐다.

여동생 동방도혜하고는 달리 동방해룡은 어느 정도 이지적이고 예의를 아는 사람이므로 진검룡에게 정중히 포권을 하며 양해를 구했다.

"여동생을 살펴봐도 되겠소?"

그는 부옥령이 동방도혜를 이 지경으로 만든 것에 대해서는 말하지 않았다.

동방도혜가 먼저 무례하게 굴었으며 선공을 했으므로 입이 열 개라도 할 말이 없는 상황이다.

진검룡이 고개를 끄떡이자 동방해룡은 허리를 굽혀 동방도혜를 살펴보려고 했다.

그때 민수림이 착 가라앉은 목소리로 나직이 말했다.

"한 시진 내로는 죽지 않을 것이다."

"……!"

동방해룡은 움찔하며 민수림을 쳐다보다가 눈을 휘둥그렇게 부릅떴다.

처음에는 심상하게 보아 넘겼는데 지금 보니까 민수림의 미모가 어마어마했다.

민수림은 자신을 쳐다보고 있는 동방해룡을 마주 바라보면서 조용한 어조로 말했다.

"화타나 편작이 한 시진 내로 그녀를 치료하면 살릴 수 있을 것이다."

동방해룡은 세차게 머리를 흔들었다. 여동생이 죽어가는 마당에 낯선 여자의 절세미모에 넋이 나갔으니 너무도 부끄러운 일이다.

민수림 말대로 한다면 동방도혜는 이미 죽은 목숨이나 다름이 없다는 뜻이다.

전설의 명의인 화타나 편작이 현세에 있을 리가 없으며 있다고 해도 한 시진 내로 그들 중 한 사람이 동방도혜를 치료할 수 있을 리가 만무하다.

동방해룡은 착잡한 표정으로 여동생을 굽어볼 뿐 어떻게 해야 할지 갈피를 잡지 못했다.

그때 부옥령이 그의 상념을 깼다.

"어떠냐? 계속 볼일을 볼 테냐? 아니면 이대로 저 계집을 안고 돌아가겠느냐?"

동방해룡은 일어서며 부옥령을 쳐다보았다. 그녀의 잘못은 하나도 없지만 쳐다보는 시선이 곱지 않았다.

그의 눈빛을 느끼고 부옥령이 낭랑하게 꾸짖듯이 말했다.

"네놈들은 본문을 너무 우습게 봤다. 여기에 있는 네놈들이나 본문을 포위하고 있는 겸황천굴 백호전과 주작전의 하룻강아지 삼백여 명 따위로 본문을 어떻게 할 수 있다고 생각한 것이냐?"

"……"

동방해룡은 움찔하며 아무 말도 하지 못하고 얼굴이 복잡하게 변했다.

백호전과 주작전 최정예고수들에게 최대한 은밀하게 영웅문 주변에 은둔해 있으라고 했는데 어떻게 발각됐는지 가슴이 무너져 내렸다.

『붕정대연가(鵬程大戀歌)』 8권에 계속…